江戸っ子出世侍
官位拝受

早瀬詠一郎

JN034914

コスミック・時代文庫

この作品はコスミック文庫のために書下ろされました。

目次

〈一〉江戸の侍は、阿呆《あほ》やな

一

初夏の陽ざしが塀《へい》にあたり、香四郎《こうしろう》の目にまぶしく照り返してきた。

心地よいはずの朝が、鬱陶《うっとう》しかった。

江戸城半蔵御門《はんぞうごもん》の西、ここ番町の屋敷街に、塀を新しく造り直す幕臣がいるようだ。

将軍拝謁《はいえつ》の栄《えい》を賜《たまわ》る旗本の数、およそ六千。俗に「旗本八万騎《き》」なんぞと呼ばれるが、嘘八百である。

その八万とは、お目見得《めみえ》になれない下級の御家人の二万余、これに家の者を加えて幕臣ざっと八万ほどになるとか。

「徳川の、強がりじゃねえか。口ほどにもねえ、ちっ」

侍、それも一千石の旗本が口にすることばとは思えない江戸っ子ぶりで、顔をしかめつつ塗られたばかりの塀を蹴ると、中から奴鳴られた。

「こらっ。旗本一千五百石、林原さまのお屋敷なるぞ――」

表門の脇木戸が開いて、六尺棒を手にした太りぎみの門番が顔を出した。

いるのは、香四郎だけである。

結城紬《ゆうきつむぎ》の単衣《ひとえ》を着流して、博多の帯。侍それも江戸ふうを見せていたので、門番は子どもは逃げたかと頭を掻いてたたずんだ。

「ん。林原と……」

先ごろ将軍家慶《いえよし》の拝謁を賜った折、横に並んで頭を下げた旗本で、老中筆頭の阿部伊勢守正弘の命を受け、一緒に松前家下屋敷へ乗り込んだのは林原栄輔《えいすけ》ではなかったか。

林原姓が多いとは思えず、香四郎は引っ込んだ門番に声を掛けた。

「つかぬことを訊《たず》ねる。当家の主《あるじ》は、勘定吟味役《かんじょうぎんみやく》の栄輔どのであるか」

「へい。勘定吟味役上首《じょうしゅ》、林原宮内大掾《くないだいじょう》栄輔さまです」

「宮内大掾に、叙位《じょい》されたと……」

まったく同じ役割を命じられて働いたにもかかわらず、栄輔のほうは出世をしていたのだ。

嫉妬《やっかみ》ではない、と思い込もうとしたほどなのであれば、男らしくない羨望《せんぼう》である。

「お侍さまはどなた様で」

「峰近《みねちか》香四郎と申す」

「勘定方の、ご同輩さまで」

「いいや。おべっかを使う気遣いのない、無役《むやく》である」

「左様でございますか。若隠居さまとは羨《うらや》ましいと、忙しい主人は申し上げることでありましょう」

四十すぎの門番は、木戸を閉めながら嫌味を笑いに込めた。

弘化二年、不況なご時世にあって、肥えた武家の奉公人は、塀の修復と同様に珍しいことだった。

季節がいいと散歩に出たはずの香四郎は、とんだ発見をしてしまったと、憮然《ぶぜん》として踵《きびす》を返した。

ほんの五日前、香四郎と栄輔は阿部伊勢守の命により、蝦夷《えぞ》松前藩邸を急襲した。

抜け荷による利鞘《りざや》の摘発だった。どう話をつけたものか、摘発された松前藩は千二百両もを幕府に献上し、今後も利の大半を差し出すとの約束を取りつけ、一万石の大名家を守った。

なんであれ、手柄を立てたのは香四郎と栄輔なのだ。

栄輔は昇進した。ところが香四郎は、無役に落とされたのである。

番町の屋敷街では、武家奉公人の女中や下男たちが尾鰭《おひれ》をつけて、あることないこと噂を広めていた。

女中たちは、眉をひそめた。

「峰近家の新しい殿さまは、もう無役ですって」

「まぁ、なにかしでかしたんじゃないの」

「考えられるとすれば、女だわね……」

商家の内儀に、手を出した。軽輩である御家人の娘御《むすめご》に、横恋慕したにちがいない。

そして大奥の側室にまでと、南町奉行所の別格与力だった香四郎が突如解任された理由を、色好みゆえと決めつけた。

一方の下男たちは、左遷の理由を銭《かね》にあると思い込んだ。

「このあいだまで、部屋住《へやずみ》の冷飯《ひやめし》くいだったんだ。なにを措《お》いても、のめり込んだのは博打《ばくち》だろうな」

「借銭《しゃくせん》は、五十両と下るめえ。とすれば、役料だけじゃ足りず、商家を強請《ゆす》って袖の下。それが、発覚ってこと……」

噂は風より速く、戸など立て掛けても間にあわないものである。

香四郎にとって親も同然だった用人の島崎与兵衛《よひょうえ》は、もういない。

用人がいたなら屋敷ごとに出向き、かような根も葉もない出鱈目《でたらめ》をと、主人に言い含めてまわったろう。

ところが、峰近家には奥向《おくむき》の老女おかねが残るばかりで、香四郎が噂を押え込んでくれと命じても、取りあってくれなかった。

「徳川家譜代旗本たる侍が、風聞の一つや二つに騒ぎ立てて、それが武家の男児《おのこ》と言えましょうか」

「一つ二つではないのだ」

「なれば、百や二百でもと申します」

「嘘八百でしかない上、峰近家の沽券《こけん》に関わる恥であろう」

「女《お》なごにちょっかいを出すのは、男として誉《ほまれ》でございますよ」

「では、袖の下は」

「銭なんぞ、汚ないだけ。さようなものを贈って寄こす商人《あきんど》のほうが、情けないでありましょう」

「そのとおりだが、わたしが強請ったとなっておる」

「強請っておらぬのですから、それでよろしい。袖の下を受け取ったと聞いた役人が調べ、なにもないと知れば分かりましょう」

主人の嘆きなど取るに足らないと、老女は泰然自若として相手にもしてくれなかった。

が、なんであれ、旗本一千石峰近家の当主香四郎は、無役寄合《よりあい》に落とされ、南町奉行遠山左衛門尉景元《さえもんのじょうかげもと》の預《あず》かりとなっていた。

毎日やることといえば、知行所《ちぎょうしょ》と呼ぶ旗本領地からもたらされる十日ごとの報告に目を通すだけで、その千石ばかりの田地に揉めごとなどあろうはずもなかった。

暇なのだ。

といって部屋住だった時分のように、軽い気持ちで町なかに出て歩くことはできない。

香四郎には、苦痛以外のなにものでもなかった。

「おかね。気が変になりそうである」

「変になれるものなら、なるとよろしゅうございます」

「………………」

薄情を絵にしたような老女に、香四郎は返せることばを見出せなかった。

「なさることがないと仰《おお》せでしたら、学問を極め、武芸の精進をなされませ」

「月並すぎるな」

今さら馬鹿らしいことと、香四郎は鼻先で笑い返した。

「ようやく二十二となられたばかり。一生を投げるものではございません。ご出世なさりたいのであれば、他家の力を借りるのが近道です」

「他家、とは」

「いつぞや申しました。将軍家でも、頭を下げざるを得ない家があるではありませんか」

「妻女を、京都からとの話か――」

思い出したのは、公家から嫁を迎えさえすれば、なにもせずに官位が得られるとの話だった。

その折の香四郎は、貧弱な体の醜女《しこめ》など御免こうむると答えた。が、おかねは口元を弛《ゆる》めながら、こんな方法があると言い返した。

女が欲しいと仰言《おつしや》るなら、市中に洒落《しやれ》た家を持って妾《めかけ》を囲うもよし、飽きるまで通って捨てるのも甲斐性だと笑ったのである。

「ご出世なさってこそ、できることでございますよ」

無役となり、将来の道を断たれたと思い込んでいた香四郎が、忘れていた出世のことばだった。

屋敷に小火《ぼや》を出し、用人が殺され、すっかり日常から離れていただけなのではなかったか。

「おかね。わたしは今日から勉学に励み、武芸の鍛錬に精を出す」

香四郎が文机《ふづくえ》を出し、四書五経《ししよごきよう》の束を置くと、老女は声を上げて笑った。

「まことに、正直者が馬鹿を見るとは、よく言ったもの。本気で、お励みになるつもりですか」

「いけないのか」

「恰好《かつこう》だけで、よろしゅうございますですよ。どなたでも、頭の中まで覗き見られませんでしょう」

文机に本を拡げておくだけでいいと、おかねは詩経の中ほどを開いて、文鎮《ぶんちん》で押えた。

香四郎は単衣に帯を締めると、素足に草履《ぞうり》の着流し姿で玄関を出た。

「奥方の件、よろしく頼んだぞ。おかね、いや、おかねどの」

「………」

打算に走る香四郎に、おかねは冷たい目を向けてきた今朝だった。

二

五月の夏空は、無役旗本の心もちを晴れやかにさせた。

雲雀《ひばり》がさえずり、どこの武家も塀《へい》ごしに青葉が繁っているのが見え、天秤棒《てんびんぼう》を担ぐ魚屋は鰹《かつお》の匂いをもたらしてきた。

年内には公家との婚儀が決まり、峰近家に江戸じゅうの商家が近づこうとするだろう。

「将軍家御用達《ごようたし》の看板に、もう一枚の京都内裏《だいり》御用の看板を、是非とも峰近さまのお力添えで……」

豪商は菓子折の下に、小判を重ねてくる。しかし、香四郎は受取らない。

「幕臣は、賂《まいな》いを法度《はっと》とされておる。これは持ち帰られよ。いや、そなたの望みには応えるべく努力いたすゆえ、安堵いたせ」

やがて峰近香四郎は清廉潔癖《せいれんけっぱく》との噂が商人《あきんど》らの中に立って、幕府内では峰近は豪商を手なずけられると評判になるのだ。

相応の役職が、ころがってくるにちがいなかった。

――町なかの女など、選《よ》りどりみどり。器量よしの娘をもつ親は、門前に列をなすだろう。

「側室の一人にしていただけると……、いいえ、お胤《たね》をいただくだけでよろしいのです」

胤とは、なんと神々《こうごう》しい響きあることばか。

十一代将軍家斉《いえなり》は、五十余人もの子があり、生涯二百人余の側室があったという。

香四郎はその記録を塗りかえることができると、北叟笑《ほくそえ》んだ。

別格与力から降ろされても、京都の岳父が無形の力で押し上げてくれるのであれば、貧弱な体を我慢するなどわけもない。

もう不遇でも不運を嘆くことないと、身内に熱い力が漲《みなぎ》ってきた。

番町の武家屋敷街を抜けると、麴町《こうじまち》の名をもつ町家となる。

人通りが繁くなり、江戸城の外濠に沿った道が人や馬の立てる埃《ほこり》を押さえ、気分よく歩けると今になって知った。

それもこれも、公家から妻女がやってくるとなったからにほかならない。

「旗本峰近香四郎、従四位下《じゅしいのげ》あわせて侍従格《じじゅうかく》とし、五百石の加増を申しつける」

南町奉行の遠山景元でさえ、従五位下でしかないのであれば、破格の大出世。

――大名並の官位さえ得られたなら、旗本として最上格の大目付、あるいは大番頭《おおばんがしら》となるのも夢ではなかろう……。

にんまりとした香四郎の素足に、温かいものが触れた。心もちが上がると、足元から温まるものらしい。

脇を荷を積んだ馬が、通りすぎてゆく。

「あ――」

温かく感じたのは、大きな尻から放《ひ》り出された馬糞《うまばば》だった。

叫んだところで、馬の小走りに追いつくはずもなく、香四郎は足の甲にドッサり盛られた糞を、足をふって払った。

通りすがりの者は、笑って言う。

「お侍さま、ウンが付きました」

運がいいと言うのだろうが、運には悪いのもあるではないか。

折角いい気持ちで歩いていたのに、水を差された気がした。

それでも足袋《たび》を履いていなかったのは幸いと思いたかったが、足指のあいだにニッチャリする茶色い感触は、足袋であれば脱いで済ませられたのにと、腹立しくなった。

あてもなく歩かずに行く先を決めるべきだと、思いを至らせたのは、道往《みちゆ》く誰もが目当てをもって足を運んでいたからである。

荷駄は一刻も早く急ぎ、棒手振《ぼてふり》の八百物も魚屋も出先があるだろうし、子守っ娘でさえ赤子の好むところへ向かっているようだった。

――どこへ行こう。

考えるまでもなかった。

先月まで居候《いそうろう》を装い、出入りしていた浅草寺の裏手、猿若町《さるわかちょう》の芝居茶屋、ゑびす屋である。

年増《としま》ながら美形の、女将おりくのもとへ出向くのだ。

公家から妻を迎え、妾《めかけ》を囲うならこの女と、想い描いた第一がゑびす屋おりくだった。

おりくの名を口にするだけで、香四郎の男は勃《た》ってしまう。

女ながら男前の顔だちは、人目を惹いて離さない。おりくを好く男は、多いらしかった。

大きめの鼻に、鈴を貼りつけたような目、三日月の眉はつねに整えられ、小ぶりな口が肉厚……。

これらに薄化粧をほどこしているだけなのだが、女でございますと言い立てないところが、大いなる魅力となっていた。

それればかりか、歌舞伎役者が出入りする芝居茶屋の女主《おんなあるじ》とは思えない控えめなところは、心意気にも感じられた。

褒めあげてゆけば、ほかに幾らもある。

香四郎は足を早め、すぐにも逢いたいと先を急いだ。

三

皐月《さつき》興行は、端午《たんご》の節句から演目を差し替えるのが、江戸歌舞伎の決めごととなっていた。

案の定、浅草寺の周辺からもう人出を見るほどの人気を見せている。五ツ半刻《どき》の今であれば、これらは芝居の見物客ではなく、小屋の絵看板を見るだけの連中なのだが、評判はそれだけで知れるものだった。

果たせるかな、三座の楽屋口に面した芝居茶屋の表口は人であふれていた。ちょうど幕間《まくあい》どきで、休憩に戻ってきた見物客が晴れ着に身を包み、笑いあって茶屋の敷居を跨いでいる。

香四郎は邪魔をしては迷惑と、ゑびす屋から五軒も手前に立ち、次の幕がはじまるのを待つことにした。

ただ突っ立った。周りは派手な格好の客が、茶屋の男衆《おとこし》に案内されている。香四郎を見ても、一人として奉行所の役人とも思わないようだった。

着流し姿で、脇差ひとつ。残念なことに、香四郎は役者にまちがわれるような色白の優男《やさおとこ》ではないし、五尺八寸の上背《うわぜい》に一文字眉は、押し出し十分の武家の若者なのである。

人並に鍛えた武芸で筋骨は逞《たくま》しいが、顔にあふれていた精気は、惜しいかな無役となって失《う》せてしまっていた。

そんな香四郎を知ってか知らずか、茶屋の中から聞こえてきたことばは、辛辣《しんらつ》で、ハッとさせられた。

「江戸の侍は、阿呆《あほ》やな……」

上方者《かみがたもの》で、大坂から下ってきた役者の番頭だろうか。江戸侍は算盤勘定《そろばんかんじょう》に弱いと、言いたいように聞こえた。

生きることとは、損得が幸不幸を決めると、言い切っている。

声のするほうを見つめると、ことばは途切れてしまった。

香四郎に向けられたことばではないが、なるほど昨日まで損得抜きに生きてきたことはまちがいない。その結果、出世から脱落したのもそのとおりだ。

だからこそ、公家の力を利用すると決めたのである。

――待て。それでいいのか。

反骨とは言わないまでも、香四郎の心もちは、算盤に抗《あらが》いたいと思いはじめていた。

確かに正直に生きることは、馬鹿らしい。

憂世《うきよ》の荒波を巧みに泳ぎさえすれば、相応の宝を手にし、浮世に替えることもできよう。

——損をせず、楽に暮らせようが、楽しくはない。

同じ楽の文字でも、意味あいがちがいすぎる。

曲がりなりにも人の上に立つ武士身分にある者であれば、それでいいはずはなかった。

おかしなことに、今朝あれほど浮かれた自分を、恥じ入ったのである。出世の野心をではなく、その方途として他力を頼ったことにだ。

香四郎はここ芝居町へ、茶屋の女将《おかみ》に言い寄ろうとやって来た。

——卑怯にすぎる。

江戸根生《ねお》いの侍であれば、正々堂々とすべきだろう。

武士の本分は、忠誠でも信義でもなく、不器用なほど実直であることではないか。

「そうでありさえすれば、おりくどのも必ずや……」

思いを至らせたとき、茶屋脇の路地から、小さな叫びが洩れてきた。聞こえたのではなかった。真人間になろうと決意を新たにした香四郎だけに、聞き取れた悲鳴だった。

板壁に背をつけ、顔を両手で覆う中年の町人が見えた。身なりは良さげだが、蒼白の面もちは明らかに震えているようだ。

香四郎が顔を差入れて見込むと、ふるえている中年男の前に粗っぽく生きているらしい与太者《よたもの》が、凄みを利かせた目を向けてきた。

尻端折《しりはしょ》りをした足に雪駄《せった》、胸元を広く開けたところに彫物《ほりもの》が躍っているのは、これ見よがしの強請《ゆす》り野郎と決まっていた。

与太者は二人。ひとりは大柄で頬に揉みあげがあり、今ひとりは小柄で眉を剃っていた。

香四郎が路地に足を踏み入れると、眉のないほうが懐《ふところ》に手を差入れ、匕首《あいくち》の柄《つか》を握って見せた。

来るなと威圧したのだろうが、気づかないふりで入っていった。

髪かたちを見れば、香四郎が侍であることは一目瞭然だが、それに怯《ひる》むような与太者ではないようだ。

無役となって、体がなまっていたわけではなかったが、武芸では実戦に勝る稽古はないのである。

「取込み中ってぇのが、分からねえかな」

一応まっとうな口を叩くが、目は凄んでいた。

「ほう。刃物を持っての恫喝《どうかつ》を、昨今は取込みと申すか」

「向こうへ行けっ、三一《さんぴん》」

脇差だけの香四郎は嘗《な》められた。

いやが上にも熱くなるのは、千石の旗本を三俵一人扶持《いちにんぶち》と見なされたからである。

大人気《おとなげ》ない。だからこその腹立たしさは、拳固の硬さになった。

袖の下に隠した握り拳が、さり気なく、それでいて素早く、小柄な与太者の鳩尾《みぞおち》を穿《うが》つ。

「あっ」

片膝をついて沈んだ男を見ておどろいたのは、もう一人の与太者ではなく、脅されている中年男のほうだった。

「な、なにをなされます。お侍さま……」

助けたつもりでいる香四郎は、三人が芝居の稽古をしていたのだろうかと思った。

しかし、大柄な与太者が、熊手のような掌《てのひら》を突き出し、歯を剝《む》いて向かってきたので、香四郎は体を躱《かわ》した。

殴り返そうと構えたところへ、仲に割って入ったのは震えていた中年男である。

「お侍さま。これは身内の話合いでございまして、どうかお引き取りを」

怯《おび》えた目は、与太者ふたりにばかり注がれている。これ以上は、ことを大きくするだけと言っているようだった。

「弱味があって、抗《あらが》えない。そういうことか」

香四郎のひと言に、大柄なほうが口をひん曲げた。とはいえ、小柄なほうはまだ蹲《うずくま》ったままだ。

鳩尾への一撃が決まりすぎたのか、立てないでいた。

気にしたのはやはり脅されている男で、困惑を顔じゅうにあらわして、大柄な与太者を見上げている。香四郎は諭《さと》すように、ことばを放った。

「内輪の諍《いさか》いであっても、かような場所で威嚇《いかく》するのはいかがなものかな」

「町人同士の話に、侍は遠慮ねがいてぇな。それも乱暴するなんぞ、武家の風上《かざかみ》にも置けねえよ……」

　言いながら、蹲っている男の懐から匕首を引き抜いた。

「芝居町なれば、小道具の竹光《たけみつ》であろう」

「ふざけるねえっ」

　ことばの終らない内に、匕首は香四郎の鼻先を掠《かす》めた。

　匕首は、思いのほか長く、香四郎の鼻の頭に傷をつくった。

　手の甲をあてると、赤いものが付いた。

「竹光じゃないんだぜ」

　さっさと失せな。さもないと大けがを見ると、匕首を太った腹の前で構えた。

　武士には、絶対の掟《おきて》がある。闇打ちでない限り、相手をした証《あかし》として、差料を抜いて見せなくてはならなかった。

　斬り倒されても、鯉口《こいくち》さえ切っておけば、恥とならずに済む。

　香四郎は脇差を払い、剣先を相撲取りほど大きな男の鼻先に向けた。

「なんでい。喧嘩ってぇなら、受けて立つぜ」

　巨漢が言い終えるのを待たず、香四郎は脇差を下から払い上げ、大きな顔を薙《な》いだ。

「いっ」

痛いと叫んだのか、いきなりなんだと言いたかったのか。なんであれ、大きな顔は血を吹いた。

首から上の傷は、ほかの部位の倍もの血を見る。

血を吹き上げた男もおどろいたが、それ以上に脅されていた中年の慌てること、尋常ではなかった。

人を呼びに行くのでもなければ、腰を抜かすのでもなく、ただただオロオロするばかり。もう止めてほしいと香四郎を制しつつ、ひたすら哀願する目を向けるだけである。

大きな男から流れる血が、蹲っている小柄な男の首すじに落ちると、挙固を食らったところがようやく癒《い》えたらしく、むっくりと立ち上がった。懐の匕首に手を入れるものの、鞘《さや》だけとなっていた。

「……………」

仲間は血を出して、顔を覆っている。仕返そうとしたが、できないと知って巨漢を支えるように逃げていった。

無理に追おうとせずにやりすごしたのは、オロオロしていた男がへたり込んでしまったからである。

顔を見る限り、最前より青くなっていた。そればかりか香四郎に、どうしてくれるのだと当惑をあらわにした。

なにがあったのかと問おうとしたところへ、女が駈けつけてきた。

「済みません。もうしばらく、いいえ必ず月末《つきづえ》には」

女は香四郎に向かって、拝むように頭を下げている。

「わたしに謝るものではないが、どういうことか」

「えっ。借銭《しゃくせん》の、お取立て様ではないのですか」

月末に必ずとか、借銭のと聞けば、先刻の二人組は、高利貸の取立てと決まったも同然である。

「そなたら、夫婦《めおと》か」

幕間《まくあい》どきで、どこの芝居茶屋も客でごった返している。それを狙って、取立て屋はあらわれたようだった。

借銭の返済を声高《こわだか》に言い立てられるのは、誰であっても嬉しくないどころか、客の手前どうしても大人しくなるものだ。

脅されていたのは芝居茶屋 寿屋《ことぶきや》の亭主で、駈けつけたのが女房。ほつれ毛が、苦労のほどを見せていた。

「助けていただいたのではございますが、連中が次にやって来るときは三人、五人となります……」

弱味は借りた側にあるのなら、町方へ訴え出るわけにもいかないのが、高利貸との悶着《もんちゃく》なのだ。

「余計なことをしたようだが、始末をつけるまで手伝うほかないであろう」

「お侍さまが、七十両も」

「代わりに払うわけには参らぬが、茶屋仕事を邪魔されぬよう、なんとか」

「ご冗談を。連中は夜中でも明け方でも、ときを選びませんです」

「なれば」

香四郎は先日まで、ゑびす屋で用心棒の真似ごとをしていた居候《いそうろう》だったと言って、寝床をととのえてくれるならと申し出た。

夫婦は顔を見合わせ、どうしたものかと目で話しあった。

こうしたとき、気丈を見せるのは女房のほうである。香四郎に向き直り、探るような目をしてきた。

「お見受けいたしましたところ、ご浪人には思えず、どちらかのご家中のお侍さまでございましょう。こんな芝居町の茶屋に、居つづけることなどできるのですか」

「うむ。家名は出せぬが、無役同然で独り身である。厄介になろう」

半信半疑ながら、寿屋の夫婦は居候を受入れた。

香四郎が目指す年増《としま》おりくの茶屋とは、目と鼻の先。巧《たく》まずして近づけることになったかと、片頬でニヤリとした。

四

引受けたからには、番町の自邸に戻るわけにもゆかず、ゑびす屋の者を呼び、村正の太刀と着替えを取りに行かせることにした。

やって来たのは、ゑびす屋の女中頭《がしら》、おきせである。

「侍の居候《いそうろう》だと聞いたので、もしやと思ったら座布団さんじゃないのぉ」

胴間声《どうまごえ》は、忘れられないものだった。客が来たからと、香四郎を蹴った女である。

「おきせさん、よく知ってる方なの」

「知ってるもなにも、うちじゃ座布団部屋の、ただ飯くいでしたから……」

香四郎が黙って聞いていると、おきせは大名家の藩士ではなく旗本らしいが、御家人並の小禄で無役《むやく》だと付け加えた。

が、寿屋の主人は腕前はあるようだと言い、頼れそうだと感心した。

「偶然ってやつじゃないかしらね、うちじゃ立ち廻りひとつ見せませんでしたよ」

おまえだけが見ていないのだと、香四郎は声を上げたかった。

女中頭なんぞにどう思われてもよいが、おきせの主人である女将《おかみ》おりくには、よいところを見せておきたい。

芝居町とは、噂がひとり歩きすることにおいて、他の追随《ついずい》を許さないところと知られていた。

男同士で一つ部屋から出てきただけで、男色《なんしょく》とされ、女が寄りつかなくなるところでもあった。

「ちょいと、座布団さん。寿屋さんは、ここ猿若町にやってくるずっと前からの、芝居茶屋の老舗なんですからね」

おきせの口の利きようは、旗本へのことばとは思えないものだった。案の定、寿屋の女房は眉をひそめて耳打ちをしている。

「大丈夫なの、そんなこと面と向かって……」

「平気よ。うちの女将さんに、横恋慕している一人なんですってば……」

香四郎にも聞こえるヒソヒソ話は、耳に痛かった。

横恋慕であることは、まちがいない。大勢の男が言い寄って来るのも、確かだろう。

小判を積んでみせる商家の大旦那から、絵になる二枚目役者まで、隙《すき》あらば手を替え品を替えして顔を出す者もいるようだ。

旗本一千石、峰近香四郎もその一人にすぎなかった。

香四郎の勝ち目は、幕府要職への出世になるのだが、今は叶わない。銭《かね》もない上に、男ぶりも今ひとつなのである。

茶屋の女中頭ごときにと思うものの、忸怩《じくじ》たる思いを晴らすことはできそうになかった。

「あっ、いけない。幕間《まくあい》のお客さまが小屋へ戻る刻《とき》だわ」

寿屋の客が出てゆくのを見て、おきせはゑびす屋へ帰っていった。

どうせ暇をもて余しているのだからと、芝居茶屋の用心棒を買って出た香四郎には、ちょっとした魂胆《こんたん》が芽生えていた。

芝居町は、男の世界であることにまちがいない。

小屋に働く者は役者から裏方まで、揃って男ばかりだ。当然ながら、客の大半が女となる。

――千石の旗本にとって、漢《おとこ》ぶりを見せつける最適な場ではないか。

とりあえず真人間に立ち返った香四郎には、芝居町に居すわることが、女を選ぶ草刈り場に思えてきたのである。

出世した役人が、無理やり女を押し倒すのではない。正しいおこないをして見せ、惚れさせるのだ。

銭に頼るのでもなければ、二枚目ぶりで惹きつけるのでもない。おのずと女のほうから声を掛けられることこそ、旗本の鑑《かがみ》になる。

「峰近さまに、助けられました。あの折いてくださらなかったら、今のわたしはないのです」

町人の娘はそう言って、親と御礼かたがた、うかがいたいと申し出るだろう。

「どこのお方か存じ上げないが、他藩のご重役に言い寄られたのを、巧みに捌《さば》いてくださったお侍です。あのようなお方こそ、武士の中の武士。身元を探っておくれ」

武家の娘はお付の女中に、顔を赧《あか》らめながらつぶやくにちがいない。

ここ猿若町という羽目を外して楽しむところは、客である女たちが浮かれているものだと勘ちがいしている男が多かった。

茶屋女の尻を撫でるのは日常茶飯事、酔ったと言って女の裾《すそ》を腰までたくし上げる男、中には空き部屋に押し倒そうとする不届き者までがいた。

そのほとんどを茶屋の男衆《おとこし》が難なく納めるものだが、ときに横紙破りをしてくる者がいる。

おそらく寿屋は、そうした対応を上手くやれる者がいない茶屋なのかもしれないと、香四郎は勝手な思いを至らせた。

人が好いのは、主人夫婦を見るだけで分かる。誠実な上に失礼なところがなく、客の扱いも老舗らしく確かなのである。

ところが、遠慮が先立つのか、臆病を見せてしまっていた。

香四郎に合点《がてん》がいったのは、七十両の借銭《しゃくせん》である。百両にも満たないというのに、高利貸に借りたのは妙な話すぎた。

三都一の芝居町に数代つづく茶屋ならば、両替商は低利で貸付けるだろう。町なかの高利貸に借りた、というのが、腑《ふ》に落ちなかった。

——なにかある……。

勘だった。

先年の改革で、小屋ともども移転させられた芝居茶屋だが、それなりの埋めあわせの銭《かね》は幕府から出ていた。

一年余も興行できなかったことで、どの茶屋も台所は火の車を見たろうが、その勝手口へ高利貸が出入りしたと耳にしたことはなかった。

「粗茶ひとつお出しししませんで、失礼をいたしました」

寿屋の女房が、酒の仕度であらわれた。

「申しわけないが、わたしは下戸だ」

香四郎は頭を搔いた。

「これは迂《う》闊《かつ》なこと。てっきりお強いものとばかり」

「昔からよく言われる。おまえの瑕《きず》は、呑めないこと。酒がいけたなら、世間は広がるとな」

「いえ、瑕ではないと申し上げます。改めて、甘い物などの仕度して参りましょう」

女房は膝を折って会釈をすると、踵《きびす》を返していなくなった。

改めて見た女房が、亭主もちとはいいながら、清く可憐な容姿を見せていたことにおどろいた。

とり立てて美人とは言えないものの、瓜実顔《うりざねがお》は絶えず含羞《はにか》んでいるように見え、それだけで世馴れていない様《さま》がうかがえた。

体つきも華奢《きやしや》で、肩など痛々しいほど幼さを見せるが、顔つきは大人びていた。

夫婦して酔っ払いの恰好《かっこう》な餌食《えじき》そのものだったのが、ふたりの気弱さをあらわしている。

似た者同士か、所帯を切り盛りしている内に性格まで重なりあったか、いずれにせよこうした夫婦は悪党に狙われやすいのだろう。

世間知らずの香四郎が見ても、芝居町という流行《はや》りの先端を行く世界には向いていない夫婦と思われた。

「お待たせを」

ふたたびあらわれた女房は、すんなりとした指先で、菓子鉢を香四郎の前に置いた。

手は嘘をつかない。

香四郎が小さい時分から、聞かされていたことばである。

目も顔も、口と同様に嘘をつく。しかし、手先の作るかたちは、正直を見せてしまうのだ。

どこがどうちがうとは、ことばにできない。しかし、品のあるなしくらいは分かった。あえて言うなら、企《たくら》みがない手をもっているると思えたのが目の前にいる女房だった。

「お気に召すかどうか、この節《せつ》人気の猿若饅頭でございます」

大鉢に五つ、三座それぞれの紋どころが烙印された真っ白な饅頭が、重なっていた。

「好物だ。甘党で、丼《どんぶり》一杯の汁粉《しるこ》を飲める。かような物は、いくつでも」

「まぁお丼で。のちほど、お土産にでも」

「いや、わたしは本日より居候と決めた。持ち帰るわけには参らぬ」

「では本当に、いてくださるのですか」

「本当もなにも、事を大きくしたのはわたしなのだ。まことに申しわけなく思っている」

聞いた女房は両手を揃え、深々と頭を下げた。

揃えた指に気品が滲み出ていたことも、香四郎が信じられるそうだと思えた理由の一つになった。

渋すぎる番茶に饅頭を頬張りながら、香四郎は高利貸の話を聞いた。

やはりというか、銭を貸すと言って半ば強引に押しつけてきたのは、座頭貸《ざとうがし》だった。

盲官《もうかん》の位階を得た者にのみ許される高利の銭貸《かねか》しは、返済期限と取立てが厳しいことで知られていた。

小口であるため小商《こあきな》いの者が借りたが、二度と借りたくないと誰もが陰口を叩く銭貸しだった。

芝居世界にあれば、座頭貸の理不尽さを知らないはずはなく、寿屋は旧《ふる》くからの知り合いの肩代わりに借りていた。

借りたのは二十両だったが、一年も返済を滞《とどこお》らせたことで、七十両にもなってしまったという。

「座頭貸を借りた当人は、どういたした」

「去年の暮から、行方が……」

おかしなことに、取立て人も先月まで顔を見せたこともなかったと付け加えた。

明らかに仕掛けられたと知ったが、後の祭のようだった。

「奉行所へ訴えるのも手と思うが、致さぬのか」

「聞くところによりますと、座頭さん方の支配は寺社方にあるそうで、お大名である寺社奉行さまは、わたしども町人の訴えなど聞いてくださらないそうでございます」

返せるならいいが、正直いっぺんの茶屋稼業では、右から左へ七十両などとてもと、ため息をついた。

「放っておくと、どうなる」

「今もですが、うちへ上がるお客さまへ嫌がらせをし、先ほどのように主人が殴られます」

「茶屋まで潰さないのは、貸した分以上を取り返したいからだろうが、与太者《よたもの》を雇ってというのが、解《げ》せぬ……」

座頭貸の取立てとは、音を立てながら杖を叩いて本人があらわれ、哀れな声を周囲に向かって大きく立てるものと決まっていた。

「こちら様では、この哀れな者の蓄《たくわ》えを拝借と言ったきり、梨のつぶて。なんと

まぁ、無慈悲なことでございましょう。ご町内の方々、どうか助けてやってください
さいましっ」

まちがっても乱暴は働かないし、借りたほうも高利貸に手をつけたと知られたくないと、一朱《しゅ》でも二朱でも握らせて返すものだった。

「どこの座頭か、知っておるか」

「いいえ。わたくしどもは、なにひとつ知りません」

「左様なれば、次にあらわれたときに締め上げ、突き止めねばならぬことになるか……」

頬張った四つめの饅頭で、香四郎はようやく甘さを感じることができた。

「わたくしどもの厄介ごとで、どうかお怪我などなさいませんように」

心底気づかう女房の姿に、名を知らないでいたと訊《たず》ねた。

「はつと申します。主人は徳之助《とくのすけ》です」

近松門左衛門の浄瑠璃『曽根崎心中』の二人が、おはつ徳兵衛だと思ったとたん、饅頭は苦味を帯びてきた。

なさぬ仲の浄瑠璃での男と女は、生真面目だったがため、心中にまで至ってしまう物語だった。

切っ掛けも、銭である。

香四郎は嬉しくない浄瑠璃と重ねてはなるまいと、冷めていた渋茶を音を立てて飲んだ。

五

五つも饅頭を食べれば、眠くなるものである。

寿屋では座布団部屋でなく、階下の居間につづく細長の四畳が居どころとされた。

両手を首の後ろにまわし、仰向《あおむ》けに寝ころがった。

二度と芝居町にあらわれぬよう、いかに脅すかが余計なことをしてしまった香四郎の役目となっていた。

千石の旗本でも、町人を始末してはその責めを負わなければならない。それも南町奉行預《あずかり》の身であれば、奉行の遠山への迷惑は計り知れないのだ。

与太者《よたもの》の指一本をへし折るかとも考えたが、やられた側は寿屋の名声を落とすべく動きまわるだろう。

芝居茶屋の良しあしは、一にも二にも評判だった。

「さても厄介な……」

昼飯が饅頭に代わったことと、梅雨前の爽やかな温かさが、転寝《うたたね》を誘い、気づくと暮《くれ》六ツの鐘が聞こえてきた。

「峰近さま。ゑびす屋さんへも、ご挨拶に行かれますか」

主人の徳之助にうながされ、香四郎は勝手口伝いにゑびす屋の裏口に立った。

芝居茶屋から客が引いた夕暮れは、奉公人も帰っていた。

香四郎はゑびす屋の台所に入るなり、後ろ手に戸を閉めた。

腹が立ったのは、堂々と表口から入って行けない立場だからである。

なるほど大名家下屋敷に乗り込んでの人傷沙汰《にんじょうざた》は、感心したものとは言えないだろう。しかし、抜け荷は暴露され、大名家からは取潰される代わりに幕府へ献上金をもたらすべく筋道をつけたのだ。

日陰者《ひかげもの》。幕臣旗本ではなく男妾《おとこめかけ》ではないかと、台所の三和土《たたき》の上を右に左にとうろついた。

女中が置いたままだったのか、上《あ》り框《がまち》に鏡台がある。薄灯りの中、香四郎はおのれの顔を映して見た。

――ひどい顔だ。

長い昼寝で、髷《まげ》が崩れて頬に畳の跡が付いている。乾いた涎《よだれ》が片頬を引きつらせ、襟元《えりもと》がだらしなく乱れているのが映った。

――どう見ても、将軍お目見得《めみえ》の旗本ではない。おりくどのを、失望させてしまう……。

香四郎は踵《きびす》を返し、すぐ目に入った髪結床《かみゆいどこ》に飛び込んだ。

「済まぬが、手早く仕立ててもらいたい」

「手早くと仰《おお》せですが、いかように」

「清潔な感じを、ねがいたい」

床屋の亭主は、町人客を後まわしにして、香四郎をすわらせた。

髪を結い直すと髭《ひげ》をあたり、香四郎を立たせて着物をととのえるまで、実に手早かった。

一分銀を置いて出ると、髷に付けた鬢脂《びんあぶら》が強く匂ってきた。

――わるくない。

ゑびす屋の美形おりくに好かれるには、清々《すがすが》しさに極《きわ》まるのだ。

ふたたびゑびす屋の台所に入ると、年増《としま》の香りがまとわりついてきた。

運がいいと思ったとたん、大人しそうな撫で肩の女が笑い掛けているのが目に入った。

「ん。ここは寿屋か」

「いいえ、ゑびす屋でございます。おりくさんとわたしとは、姉妹同然の間柄なのです」

寿屋のおはつは、香四郎があらわれるのを待っていたとばかりに、上がるようにといいざなってきた。

「おりくどのは、おられるのか」

「はい。きっと貴方《あなた》さまがいらっしゃるだろうと、日暮れ前から湯屋へ行き、たったいまお化粧を終えたところです」

夢を見ているのだ。ものごとが思いどおりに運ぶことなど、今までなかったのである。

冷飯《ひやめし》くいが世子《せいし》となって別格与力にまで昇進したのは、思いもしない棚ぼただった。

ところが与力となり女にもてると信じたとたん、男色《なんしょく》と勘ちがいされ、屋敷に奉公人を入れひと安心と思うと、今度は火事を見て、人死《ひとじに》まで出た。

それでも幕府のために働いたのなら出世があるだろうと、疑いもしなかった。が、出てきた賽《さい》の目《め》は、無役へ格下げだった。

――好みの色年増が化粧をして待つなど、あり得ない夢だ。

香四郎は、頬をつねった。

「痛っ」

頬に、痛みが走る。目の前に、寿屋のおはつが笑っていた。

――夢ではない。

草履《ぞうり》を脱ぎ、上り框に立つと、膝が笑いそうになった。

こんなあり様を、見られたくない。峰近香四郎は、旗本の中の旗本と知らしめなくてはならないと、締めている帯に手を掛け、下へ押しやった。

「峰近さまが男前だったとは、あたしもおりくさんも知りませんでしたよ」

「なぁに。旗本とは、こうしたもの」

言い返したが、香四郎の頬は引きつり、声は上ずっていた。

大の男が舞い上がるなど、あってはならないのだ。

「ここへ参るつもりはなかったが、近くの芝居茶屋であり、徳之助どのにも言われたゆえ、挨拶に――」

「さ、さぁ、中へ。おりくさんも、さぞお待ちかね」

おはつに背を押され、香四郎は耳のあたりが熱くなってくるのを、ドギマギしながら奥の居間へ向かった。

座布団部屋に数日ながら居つづけた身だが、芝居茶屋は見知った親戚の家のような気にさせられた。

寿屋に帰りますと、おはつは出てゆくと、声を上げた。

「あら、雨になりました」

驟雨《しゅうう》らしく、勝手口の戸が開くと音がしてきた。

おはつが失《う》せると、香四郎ひとりになった。

――遣《や》らずの雨とは、幸先がいい。

急な雨が足止めをする。ことばにしないものの、北叟笑《ほくそえ》んだのは下心《したごころ》ゆえである。

「ゑびす屋どの。峰近でござる」

思いのほか爽やかな声を出した香四郎は、落ち着いてきたと安堵した。

長くもない廊下に、早くも麝香《じゃこう》の香りが立っているのを嗅いだ。

男女をその気にさせる妖《あや》しい香りを力いっぱい吸い込むと、下帯の中が熱を帯びてきた。

――芝居町とは、女が男を誘うところ……。

こんな心もちを感じたことなど、初めて深川の女部屋へ上がったときもなかった。

真人間にのみもたらされる至福のときが、巡ってきたにちがいない。

法外な欲をもたず、過分な出世など抱かない身の丈に合った精進をする中で、大きな福を得る。

今その初めの一歩が、香四郎の目の前に拡がろうとしていた。

客の引いた芝居茶屋の、静かすぎる暮れ方。まるで春画《まくらえ》の一枚にありそうな設《しつら》えが、香四郎の心を蕩《とろ》かし、いちもつを硬くさせた。

張り替えたばかりの障子に手を掛けたとき、背後から人声がした。

「居候《いそうろう》の旦那。お客さまがお見えです」

好事魔《こうずま》多《おお》しの諺《ことわざ》どおり、無粋《ぶすい》な邪魔者が入ってきたようである。

「わたしにではなく、女将《おかみ》にか」

「いいえ。用心棒のお侍さまへと、仰言《おつしや》ってます」

「高利貸が、仕返しにあらわれたな……」

敵も商売人なのである。黙って引き下がるはずはなく、お礼参りとやらに乗り込んできたようだ。

――ここは一つ居候として、武勇伝をつくらねば……。

思ったが、手元には脇差だけだった。

「相手は大勢か」

「お一人様で、それもお年を召したお方です」

見るまでは分からないものの、敵は話し合いに来たのかと、香四郎は股間のものを押さえつつ、帯を締め直して表口へ出向いた。

背を向けて腰を下ろす客は、見るからに年寄りじみていた。

横から見込むと、耄碌《もうろく》頭巾という寒さよけの被《かぶ》りものをし、顔を隠すようにうつむいている。

「当家の警固をいたす者だが、なに用である」

「警固役とは、どなたが決めたかな」

「教えてやろう。先の改革で、芝居茶屋は台所が火の車になってしまった。そこへ銭貸《かねか》しが付け入り、大いに迷惑をいたしておる。取立て屋と申す連中が、暴れ込んで参るのだ」

「すると、茶屋が仕事をくれたか」

「いかにも。分かっていただけたのなら、お引き取りねがおう」

「幕臣、それも旗本ともあろう者が、預《あずかり》の身で仕事にありつくなど、もってのほかっ」

年寄りは言いながら立ち上がると、手にしていた太刀を、香四郎の足許《あしもと》に音をさせて置いた。

太刀の拵《こしら》えは、まぎれもなく拝領の村正《むらまさ》だった。

茶屋の男衆《おとこし》に屋敷から差料を持って参れと命じたが、頼んだ相手は若い者だったはずである。

それよりも年寄りの口の利きようが、威丈高《いたけだか》なことに不快をおぼえた。

が、預の身と言ったことばに、香四郎は息を飲んだ。

「旗本だが、預と申すとは……」

「聞き返すまでもあるまい。峰近、芝居町で内職か」

「お奉行──」

振り返った顔は厳《いか》つく、がっしりとした体つきは南町奉行、遠山左衛門尉その人だった。

「預とされたものの、いっかな奉行所にも顔を出して来ぬ。さては気落ちして引《ひ》き籠《こも》ったかと番町の邸《やしき》まで出向くと、芝居茶屋の男が侍の命を手に出てきたのでな」

「なんと申し上げるべきか、その、色々とございまして、いえ、内職となるようなものは頂戴しておりません」

「代わりに、年増の肌を頂戴するとは、言語道断ぞ」

「いえ、左様なことは……」

図星となれば、香四郎のいちもつは縮こまった。

「この遠山のところに一度も顔を出さぬ上、悪所と呼ばれる芝居町に出入りし、その最も弱い立場にある女を手ごめにしようとは、不届き極まる」

「て、手ごめとは、余りなおことば」

膝をついて、香四郎は手を横に振った。

「峰近は、穢《けが》れた気持ちなどないと、申すのだな」

「穢れるほどには、汚《よご》れておらぬかと……。まぁ多少は、薄汚れたというか、きたならしいとか、不純かとも思えぬものでもありません」

嘘をついても見抜かれてはと、正直すぎる返答をした。

「かつて江戸の町なかに、遠山金四郎と申す碌《ろく》でなしがおったが、おぬしより堂々としておった気がいたす」

「はぁ……。となりますと、遠山さまの若かりし頃は、お奉行に踏み込まれても女から離れず、ことの済むまで出て行かなかったのですね」

「打ち首だな、峰近」

左衛門尉は笑いながら、香四郎を玄関脇の小部屋へいざなった。

「預とは、謹慎しておれとは申すものの、逼塞《ひっそく》せよと押込めるのとはちがう。監視下にありつつ従うものでな……」

声をひそめた左衛門尉は、松前藩が手を出していた抜け荷話を蒸し返した。

「峰近には、あのつづきの仕事をしてほしい」

「つづきとなりますと、いまだ松前藩は商人《あきんど》とつるんで──」

「ちがう。松前は異国船から得た物を、長崎奉行を通じて運んで参るようになった。ところが、扱い先となっていた江差屋《えさしや》の番頭であった男が、動き出しておるのだ」

蝦夷地で手に入れた唐物《とうぶつ》を、松前家は日本橋の乾物商江差屋を通して売っていたことで、大儲けをした江差屋は、家財を没収され江戸所払《ところばら》いの処罰をうけた。

が、したたかな番頭は、西国の大名家に近づき、同様の取引きをしはじめたというものだった。

「もう商売をはじめたと――」

「声が高い」

左衛門尉に顔をしかめられたが、香四郎は新たに使命をもらえると口の両端を上げた。

「この峰近金四郎、身を粉にして精励努力する所存にございます」

「お調子者めが」

怖い顔の遠山もまた、ニヤリとした。

「お任せねがいます」

深々と頭を下げた香四郎にうなずくと、南町奉行は頭巾のまま出ていった。迎えの駕籠《かご》もないのが、かつての遠山金四郎そのものだった。

廊下の柱ごしに覗き見ていたらしい女将おりくの姿が、茶屋商売には少ない丸みをもつ淡い色香が失せ、香四郎好みでない硬質で鋭い男っぽさとなっていたのが残念だった。

「あの、峰近さま。寿屋のほうへいらして下さいとまたぞろ厄介な連中があらわれましたそうです」

おりくが伝えてきたことばも、硬かった。

忘れていた。寿屋を守るための、用心棒である。

香四郎は奉行の手によって運ばれた太刀、妖刀《ようとう》村正をつかんで、雨の中をまさにおっとり刀で寿屋へ向かった。

〈二〉香四郎、またぞろの嘘八百

一

芝居茶屋の寿屋《ことぶきや》には、最前の二人から増えて四人の与太者《よたもの》が、雁首《がんくび》を揃えていた。

太刀を手に香四郎《こうしろう》がやってくるのを見て、小柄な者が眉を寄せた。

「やべぇ。本身を持って来やがった……」

本気らしいぜと、兄貴分らしい男に顔を向けた。

四人の中で、ただ一人落ち着いて見える男は笠を被《かぶ》り、寿屋の敷居を跨《また》ぐことなく外《おもて》に立っていた。

この男の彫物《ほりもの》は、ほかの三人とはちがって、最後まで綺麗に仕上げた一級品だった。

三十になるかならないか、苦み走った顔は頬がこけているが、汚《きた》ならしさがなく、凄味が体全体にうかがえた。

奇妙なことに、着ているものが半纏《はんてん》一枚。夏だからとは思ったが、芝居町には余りに場ちがいなようである。

香四郎はこの男に訊《たず》ねた。

「高利の銭貸《かねか》しとは、乱暴を働いてまで取立てるのか」

訊《き》かれて、男は笠を脱いだ。

雨粒が顔にかかるのを拭《ぬぐ》いもせず、目を香四郎にまっすぐ向けてきた。

「失礼を承知で、のこのことやって参りました。こちらさまは返すものを返さず、一年も放っているようで」

薄い唇に情は感じられないが、目に濁ったところがなかった。

「左様かもしれぬが、おまえ方が暴れたところで、出せぬものは血の一滴さえ出せぬであろう」

「今日まで穏便に催促していたようですが、ちっとも応えていただけねえとの話でした」

「おかしいな。先刻は、その二名が亭主を締め上げておったのだが、これを穏便と申すか」

「――――」

凝《こ》った彫物の男は一瞬、戸惑いを目に見せ、土間の中に居ならぶ三人へ、話がちがうぞと言いたげな顔をして見せた。

三人もまた、当惑した様子で、頭を掻いたり、髷《まげ》をいじったり、耳を触って、とぼけようとした。

兄貴分らしいのは土間に入ると、いきなり大きな男の頰に平手打ちを食らわせた。

客のいない静かな芝居茶屋に、バチンと鳴った音が谺《こだま》すると、三人は縮こまった。

「てめぇら、騙したな」

「あっしらは、頼まれただけで――」

「誰に」

「座頭貸《ざとうがし》の桜井……」

「この俺に、高利貸の片棒を担がせやがったのか」

もう一つ張ると、三人は土下座をした。すると男は、香四郎の前に片膝をつき頭を下げた。

堂に入った様《さま》が美事《みごと》すぎて、香四郎は唸《うな》ってしまった。

「いいかたちだ。謝り馴れておるのか」

「馴れちゃいませんや」

「左様か。見る限り、こやつらの兄貴分には見えぬが」

「申し遅れました。四谷見附口《みつけぐち》の臥煙《がえん》、政次《まさじ》というけちな野郎です」

「ほう、臥煙か……」

臥煙とは旗本の下にある火消人足の通称で、無鉄砲者の別名ともなっていた。

町火消のように鳶職《とびしょく》を生業《なりわい》にする者ではなく、ふだんは江戸城各所にある見附にたむろして、名目上は警固方の手伝いということだが、臥煙が働く姿を見た者などいなかった。

乱暴者で博打《ばくち》好き、碌《ろく》でなしの代名詞とされてはいたが、火事場での獅子奮迅ぶりは町火消以上と言われている。

「言うところの命知らずは、ときに困りごとへ駆り出されるか」

「へい。こんな馬鹿どもを信じて、間抜けを演じてしまったようで」

じゃこれでと、臥煙は踵《きびす》を返そうとした。

「政次とやら、これもなにかの縁だ。わたしは小禄ながらの旗本、峰近と申す。手伝ってもらいたいことがあるのだが」

考えがあっての香四郎ではなかったが、政次の立居《たちい》ふるまいと目つきに誠実が見え、供の者にしたくなった。これも江戸っ子侍の、癖である。

「旗本さまでしたか。どんな話か分かりませんが、暇をもて余してのかような仕儀、なんなりと申しつけておくんなせぇ」

小遣い稼ぎのつもりが間抜けだったからと、臥煙は素直に応じてくれた。

四人組に失《う》せろと目で言った政次は、寿屋の敷居を跨いだ。

冬でも褌《ふんどし》ひとつに、刺子《さしこ》一枚の臥煙である。夏の今は半纏を軽く羽織るだけで、体一面の彫物がまさに踊っているように映った。

香四郎と一緒に上がって行くだけで、茶屋の女中たちが呆《ほう》けたように見惚《みと》れている。

武士が町人を供の者として受け入れるのは、並大抵のことではない。

たった今、奉行の遠山に命じられた指示は、幕府の政《まつりごと》に関わる話で、異国の外敵との交渉にまで影響する大事なのだ。

これをいとも簡単に、香四郎は話しはじめてしまった自分におどろいた。

気が緩《ゆる》んだわけでも、脇が甘くなったのでもない。あえて言うなら、これと思った女に惚れることに近いだろうか。

恋に堕ちるとのことばがあるが、行くところまで行ってもよいとの心境になったと言うべきと、含み笑いをしたほどである。

蝦夷《えぞ》松前藩の抜け荷のあらましを話すと、政次はニヤリとうなずいた。

「水野越前さまの改革は、銭が敵《かたき》の世の中にしちまったようですね。大名家までが、銭を第一としまさぁ」

「情けないな。改革は頓挫したが、銭の有難みだけ残ったようだ」

「で、あっしの仕事は、所払《ところばら》いとなった江差屋《えさしや》の番頭を見つけ、とっちめりゃよろしいので」

「懲《こ》らしめるのは先となる。大事なのは、まず西国大名家の名を知ること」

「番頭の名が、和蔵《わぞう》。年は五十半ば、鶴首《つるくび》で白髪。それだけですか」

「うむ。名は変えておるかもしれぬし、髪とて染められる。江差屋は日本橋長谷川町の乾物問屋であった、そのあたりから探るしかあるまい。頼めるか」

「聞いたからには、やるしかねえでしょう。さもねえと、下郎っ、知ったからにはと、お侍さまの手で膾《なます》に刻まれます」

政次は香四郎の横にある拵《こしら》えのよい太刀を見ながら、おどけて見せた。

口には出さないが、香四郎もまた幕臣が重大事を洩らしたことで、切腹とされることはまちがいなかった。

命がけであるだけに、気力が満ちてきた。

「ところで、先刻の与太者どもは桜井と申す座頭の名を出したが、知っておるか」

「親しくはございませんが、確か千住宿のほうで幅を利かせている高利貸が、桜井でした。絞《し》めちまいますか」

「そうも行くまい。お寺社の手を煩《わずら》わせ、叱責なり譴責《けんせき》すべく仕向けよう」

「できますので」

臥煙が意外そうな顔を向けてきたので、香四郎は遠戚《えんせき》に寺社方がいるとだけ答えた。

ひとまず寿屋を本陣として、連絡しあうことに決めると、政次を帰した。

知らず汗を掻いたのは、夏の暑さではなく、人を信じることへの緊張だったようである。

開け放った部屋に涼しい風が吹き込み、雨が止《や》んだことを知った。

二

香四郎は寿屋の夫婦へ、ひとまず取立て屋は来ないと言い置き、座頭貸《ざとうがし》のもとを訪れるべく、千住宿へ足を運ぶことにした。

三座の並ぶ猿若町《さるわかちょう》を出ると、浅草寺の塔頭《たっちゅう》である遍照院《へんじょういん》の表門となるが、周囲は町家ばかりが占めていた。

繁華な浅草も、一歩出れば裏長屋の犇《ひし》めくところとなる。どこも同じだが、光る部分が近在にあるだけ、影は色濃く映し出されるものだった。

この一帯は、江戸貧民窟《ひんみんくつ》の三ヶ所には入っていないが、去年まで冷飯《ひやめし》くいの身であった香四郎が見ても、夏というのに寒々しく見えた。

近くには芝居町、少し西に行けば吉原の色里、そして江戸市中なのに田畑が広がっている。

辺りに暮らす者たちは、芝居小屋や廓見世《くるわみせ》に少なからず関わる仕事に就いているにちがいなかろう。

――そういえば遊女の投込み寺の一つ、西方寺《さいほうじ》もこの一郭であった……。

哀しみを押し殺す町かと、香四郎は妙な感傷を抱いた。

山谷堀《さんやぼり》に架かる橋を北に渡って、山谷の通りに出た。日光、奥州へ向かう街道となるのだが、香四郎には夏空の下でも、侘《わ》びしく映った。

芝居町の華やぎが嘘のように、営々《えいえい》と物静かな街道をつくっているだけで、西へ向かう東海道とはちがっていた。

馬を曳く者は、黙って荷を運ぶ。飛脚は街道を上る者も下る者も、ひたすら走る。旅人は色々だが、誰もが菅笠《すげがさ》で黙々と足を運んでいた。

香四郎ひとり笠も被《かぶ》らず着流しのまま、二本差して歩くだけだった。

四半刻《しはんとき》ばかりで、千住宿の江戸寄りの立場《たてば》に着いた。

本来は馬の継立《つぎた》てをする立場だが、江戸まで近いことから、馬を乗り替えることは少なくなったようである。

代わりというわけではないのだろうが、増えたのが女郎屋だった。

江戸市中では、吉原のみが幕府に許された廓であり、それ以外は岡場所と呼ばれ、不許可とされていた。

しかし、江戸を起点とする四つの街道の一番目となる千住、品川、新宿、板橋の四宿《ししゅく》は府外とされ、女郎屋はお目こぼしとされた。

銭《かね》のない男は、四宿に足を伸ばして女を買いに来る。安い、手軽、やかましいことを言われない。三条件が、揃っていた。

宿場には飯盛女《めしもりおんな》の呼称で、旅籠《はたご》一軒につき二名の遊女が認められているのだが、誰が数えたものか、千住だけでも千人はいるとの話だった。

「お侍さま、お遊びではねえかね」

横から女の遠慮がちな声が、香四郎に掛けられた。

十六か七だろう。昼間から客を引く姿に、痛ましさをおぼえた香四郎である。

どう眺めても、艶《なま》めかしさはない。媚びる手口も、色目を送る仕方も知らぬ初心《うぶ》さ加減が、田舎娘そのままだった。

下ぶくれ気味の顔に、古い仏像にありそうなあどけない目鼻立ちは、女郎が身につける沈んだ暗さを感じさせなかった。

「うむ。おまえのところに、上がるとしよう」

香四郎のふたつ返事が、小娘を喜ばせた。手をつかむと、この旅籠だと引き入れた。

その手もまた百姓娘のままで、節《ふし》が太く温かかった。

「お上がりだよぉ」

客を連れてきたと、小娘の女郎は声を上げた。

昼どき少し前、江戸に近い宿場がもっとも暇なときである。というより、江戸四宿は女郎屋で成り立っているところだった。

旅人が泊まることがあまりないのは、江戸を発《た》つ者はもっと先まで足を伸ばし、江戸に入ろうとする者はあと少しと足を早めるからである。

「お侍さまじゃないかね。おまつ、おまえなんぞじゃ物足りないってさ」

年増《としま》女郎が客を横取りしてきそうなので、香四郎はおまつと呼ばれた小娘を引き寄せた。

「あらまぁ。こんな山出しの芋娘《いもむすめ》のほうが、いいんですか」

鼻先で笑った年増が引っ込むと、おまつは濯《すす》ぎ桶《おけ》を運んで、香四郎の素足を洗いはじめた。

小娘の髪が、匂い立ってきた。女の薫りではなく、日なた臭《くさ》いものだが、嫌な気にならなかった。

気の毒だから、買ってやる。それにちがいなかったが、いずれ峰近家にやってくるであろう公家に育った妻女より、ずっとましと思えた。

山出しの芋を抱けずして、公家の不味女《まずおんな》と媾合《こうごう》できるわけがないとの屁理屈にちがいない。

二階に上がる。どの部屋も旅籠の設《しつら》えとなってはおらず、三畳か四畳半の小部屋が並んでいた。

すでに客はいるようで、襖《ふすま》ごしにあらぬ呻《うめ》き声が聞こえた。

「こちらへ」

廊下の中ほどが、おまつの部屋らしい。三畳の片側に万年床、破れかかった行灯《あんどん》に、小火鉢《こひばち》ひとつ。窓はなかった。

市中の遊女見世とちがい、遣手婆《やりてばばあ》が銭の交渉をすることはないようだ。

香四郎は一分《いちぶ》を出して、おまつの膝に載せた。

「お釣りがいるだね」

「いや。受取ればよい。代わりと言ってはなんだが、訊《たず》ねたいことがある」

一両の四半分になる一分金に、おまつは目を白黒させながらも、なにをされるのだろうと身構えた目をした。

「訊ねるだなんて、おら悪いことしてねえだよ」

「その悪いことをしている者を、見つけたいのだ。桜井と申す座頭が、ここ千住にいると聞く」

「按摩《あんま》さんかね。この宿《しゅく》にも、二、三十人はおるけんど、みんな名の下に市の字が付くだ」

桜井というのは知らないと答えながら、おまつは浴衣のような安物の単衣《ひとえ》を脱ぎはじめた。

岡場所なら通っていた香四郎だが、子どもに近い小娘を抱いたことはなかった。化粧らしいものに、口紅だけ。眉は揃っていない上、手足は武骨にすぎた。

買い手の香四郎はドギマギして、股間のものが縮んだ。いきなり女の丸裸が目の前にあらわれると、目のやりどころに窮《きゅう》した。

浅黒く、硬そうな体。手も足も肩も、丸みを帯びている。思いのほか濃い下腹の毛が、香四郎をいざなっているのか避けているのかが、分からなかった。

万年床に横臥《おうが》する様《さま》も、見馴れない姿勢を見せた。照れているのだろうが、大胆なのだ。

動作ひとつずつも大味で荒削りにもかかわらず可憐さが、やがて香四郎の目を楽しませてきた。

なんだかんだと難癖《なんくせ》をつけつつも、香四郎は若かった。

硬い丸みが香四郎の指先に吸い付いてくると、あとはもう突き進むだけとなっていた……。

一分もの銭は、ことが済んだあとのおまつを働かせた。香四郎を待たせ、宿場内を歩きまわってくれたのである。

戻ってきた小娘は、やっぱり桜井だったと言うと、悪名高いと噂の座頭貸の屋敷を教えてくれた。

「街道の東、二つ目の通りにお地蔵さまが五つ並んでおるだが、その三軒ばかり先が桜井という胴慾《どうよく》な按摩の家だよ」

抱えの女郎が外に出てゆくのも、客を取らず余計なことをするのも、宿場女郎は許されるのかと問うと、一分の銭が旅籠の主人を喜ばせたと笑って答えた。

「一分すべてを、渡してしまったのか」

「だって年季奉公だで、仕方ねえ」

「そうか。なれば、これで好きな物でも買うがいい」

香四郎が細かい銭をあるだけ与えると、おまつは童女そのままの笑顔で、拾いあつめた。

三

桜井と表札があるわけではないが、田舎の名主邸《なぬしやしき》を見せる家はすぐに知れた。濠《ほり》を巡らせるほど豪勢ではないものの、入りづらく思えたのは厳《いか》めしい門の造りのようである。

いうところの長屋門で、塀《へい》の代わりに長屋を連らね、門番となる下男たちを住まわせていた。

旗本屋敷でも同様の造りは多く、奉公人を家族ごと置いて働かせるものだが、今どき江戸でも裕福な幕臣など数えるほどで、屋敷の長屋は物置か廃屋となっている。

が、桜井邸はどこも人が住んでいた。

昼飯どきで、飯を炊く匂いと魚を焼く煙も見えた。

座頭貸《ざとうがし》の富裕ぶりは、それだけでうかがえた。昼めしに目刺しであっても、奉公人が食べられる家は多くない。

香四郎が腹を立てるものではないが、高利で小銭を貸す按摩《あんま》が忌《いま》わしく、表門の敷居を踏みつけて中に入った。

すぐに門番代わりとおぼしき男が、立ちふさがるように出てきた。寿屋に押し掛けた与太者《よたもの》と大きなちがいはなく、腕まくりをした肘《ひじ》に島帰りの入墨《いれずみ》が見えた。

入墨者だから改心しているはずがないとは言わぬが、後悔して真人間に戻ろうとする者は、これ見よがしに入墨を見せないのだ。

「お武家さま。当家にお越しなのは、返金でございますか。それとも、延納をねがいたいと――」

「ほう。返済を待ってくれと申しに参ったとするなら、どうなる」

「ご藩士あるいは御家人さまであっても、日延べは利が高くつきまさぁ。大火傷《おおやけど》をしねえうちに、妹御《いもうとご》を差出すのが手っ取り早いね」

「阿漕《あこぎ》にすぎよう。桜井の姓を賜《たまわ》ったほどなら、少しは情を見せろと主《あるじ》に申せ。番犬」

「なんだと」

吠えた男が口笛を吹くと、長屋門から一人ふたりと番犬が出てきた。

決めごとのようで、心張棒《しんばりぼう》を持つ者、匕首《あいくち》を胸元に見せる者など、脅《おど》しのかたちを見せた。

「申しておくが、日延べをとは言っておらん」

「なんでもいいが、阿漕とは口が過ぎますと申し上げたいんでね」

長屋の一軒から出てきた男が、匕首を鞘《さや》から払い、出て行けと目で言った。

「おまえたち雑魚《ざこ》に用はない。桜市とか名乗っていた按摩に会いたい」

「按摩だと……。ことばがちがうぜ。座頭の位をもつ立派なお方だ」

庭先で、言い合っても無駄になると、香四郎はゆっくりと膝を沈め、腰の太刀に手を掛けながら、無言の気合で抜き払った。

居合《いあい》なのだが、上級の免状をもらってはいない。しかし、天下の妖刀《ようとう》村正は、勝手に働いてくれた。

香四郎の横にあった梅の幹を、音もなく薙《な》いだのである。

「………」

ゆっくり鞘に戻すと同時に、梅の木が倒れたのは、番犬どもばかりか、香四郎自身も目を瞠《みは》った。

不穏な気配を察するのは、目の見えない桜市にはわけもないことなのか、母屋《おもや》から杖《つえ》なしで出てきた。

「誰じゃ」

あごを上げ、そっぽを向いて放ったひと言は、不遜《ふそん》きわまりなく聞こえた。

六十にはなるまいが、一面に大小の肝斑《しみ》が散る顔をしかめる様《さま》は、世辞にも真人間に見えなかった。

身に着けている物は派手で上物、白足袋《しろたび》はまぶしく見えるほどの新品である。

番犬の一人が耳打ちをすると、桜市の眉が大きく上下した。

「どちら様かは存じませんが、正直一途の小銭貸しの家に乗り込まれた上での狼藉《ろうぜき》は、ねがい下げとう存じます」

「正直一途と」

「はい。公儀《おかみ》への運上金をきちんと納めつづけ、桜井の姓を賜わりました」

「公儀とは、幕府金座支配であった後藤三右衛門《さんえもん》であろうが、天下びと水野越前どの罷免《ひめん》理由は、後藤から贈られし十六万両が決め手だったが……」

「な、なんのことやら」

桜市の声が上《うわ》ずり、動揺する様子が見えた。

十六万両が袖の下として水野忠邦にもたらされたとは、香四郎も聞いている。

贈り主は金座方の後藤だが、どうやって十六万両をあつめたか調べている最中だった。

香四郎の思いつきだが、高利で成り金となった座頭らを、陰で束ねられる後藤ならできたはずとの目論見《もくろみ》が当たったたようである。

「教えてやろう。後藤三右衛門は、まもなく小伝馬町《こでんまちょう》送りとなる。桜市、おまえも首を洗っておく必要があるぞ」

「おっ、脅されるおつもりか」

「脅すのは、おまえの十八番《おはこ》であるはず。猿若町の芝居茶屋へ、美味《おい》しい話を持ち掛けて――」

「寿屋の借銭《しゃくせん》は、棒引きにいたしますゆえ、どうか後藤さまにかかる累《るい》だけは、どうか……」

「借用証文を、いただいて帰りたい」

「ただ今、ここに」

桜市は母屋へ声を張り上げ、芝居茶屋の証文を持ってこさせた。

その場で香四郎は破ると、懐《ふところ》へ捻《ね》じ込んだ。

――これで寿屋は、わたしとゑびす屋おりくを結びつける骨折りをしてくれるにちがいあるまい……。

香四郎はオドオドする桜市に向けた顔を、ニンマリさせた。

その足で香四郎は宿場口の女郎屋に礼のつもりで出向いたが、表口の木戸は閉じられ、板が斜《はす》に打ちつけられているのを見た。

「なにか、あったのか」

赤子を負ぶる子守っ娘《こ》に声を掛けると、胡散《うさん》くさそうな笑いをして、背なかの子をくすぐった。

「宿場のお役人に、引っ立てられただよ。お侍さま、遊びたいなら旅籠《はたご》は他にいくらでもあるだ」

「遊ぶ……。そうか、なればこの家《や》におった女たちは」

「一緒に挙げられただよ、ここの旦那さんも、番頭さんも、腰に縄を打たれてな」

くすぐられた赤子ともども笑っているのは、お縄になった女郎屋一家の見世物《みせもの》にか、客としてあらわれた香四郎にかが分からなかった。

江戸の岡場所と同じように、宿場の女郎屋も度を越すと、公儀に目をつけられるのだ。

老中への贈賄《ぞうわい》から、場末のこうしたところまで、過ぎたるは及ばざるが如しと教えられたと、旅人の泊まらない宿場の繁華な女郎屋街をあとにした。

臥煙の政次が誇らしげに、香四郎が夕飯の膳を摂っている寿屋へあらわれたのは、暮《くれ》六ツすぎである。

「峰近の旦那。多分としか申せませんが、江差屋の番頭だった和蔵は長州さまの中屋敷かと……」

寿屋の者がいるのを見て、政次は声をひそめた。

「長州と申すと、毛利三十六万石か」

「和蔵だと確かめちゃおりませんけど、仲間の話では十中八九、江差屋の大番頭だった男です」

政次たち臥煙仲間は大名家の屋敷に出入りし、中間《ちゆうげん》部屋で博打《ばくち》をするのが道楽の一つで、あたり前のことだが、鴨《かも》を引きずり込まなくては美味しい思いはできない。

今月になって毛利家の赤坂中屋敷に、新しい鴨が葱《ねぎ》を背負ってきたと、話題になったという。

「聞いたところでは、日本橋のほうの乾物問屋で算盤《そろばん》を弾いていた野郎だったとかで、干物のような匂いを立てる五十男だそうで」

「済まぬが明日にでも、いや今夜だ。おれと毛利の中屋敷へ、連れ立ってくれぬか」

「わけもねえことです。賭場《とば》は五ツ半ころから開きますので、あとで迎えに参ります」

「仕度をするのか、政次」

「いいえ。飯をかっ込んでくるだけでさぁ」

「であるなら、ここで旨い物でもどうだ」

「相伴《しょうばん》にあずかっても、よろしいので」

「うむ。七十両、いや二十両ばかりを助けてやれたのでな」

詳しく言えないが、香四郎は芝居茶屋に恩を売ったと笑った。

「でしたら、遠慮なく」

臥煙のための膳が運ばれ、香四郎と一緒に箸を取らせた。

なにをおいても、借銭の証文を破り捨ててくれた香四郎は、寿屋の恩人である。

三度の食事はもちろん、居候《いそうろう》部屋も客座敷の一つに移っていた。

香四郎は、臥煙にどうだと威張ったわけではない。政次という男を見たかったのである。

人はことばで嘘をつく。世辞や冗談も含め、他人を前にして口にすることばの多くが、本心から遠いものだ。

ところが食事という毎日のふるまいは、嘘をつけない。おのずと、人品骨柄《じんぴんこつがら》が滲み出てしまうものだった。

作法ほどに念の入ったものでなく、箸の上げ下ろしから、椀の吸い方、飯碗の持ちようまで、どれを取っても〝育ち〟が出てしまう。

貧富でも身分からでもなく、生き方そのものと教わっていた。

香四郎が見る限り、政次の食べ方は鮮やかに近かった。

食べる物ひとつ一つに心を込めているらしいが、のろまな動作はない。武士を前にしているからと堅くもならず、脚をくずしているようないないような坐り方も綺麗だ。

まずは〝信〟がおけそうだと、安堵した。

箸を置いた政次が香四郎を見つめてきたので、酒がほしいのかと香四郎は訊《たず》ねた。

「いけませんや。大事なところへ乗り込もうってぇのに、酔っちゃいけませんです。てぇことでなく、旦那はあっしをどこにも行かせたくないんじゃありませんかね」

「行かせる、とは」

「旦那が中屋敷へ出向くようだと、あっしが誰かに伝えちまうのではとの気遣いです」

「左様なことを、考えておったのか」

「ちがいましたか」

外れだよと、香四郎は首を横にした。

「おかしなものだな。膳ひとつで、そこまで考えを巡らせる。人の心など、知れぬわけだ」

笑いあったところに、水菓子が運ばれた。

初物の西瓜《すいか》で、相州からのものだと主人の徳之助が丸のままを、俎板《まないた》の上で切って見せた。

切り口が水々しい赤色をあらわにすると、開け放した座敷を夏の匂いで満たしてきた。

「臥煙は、かぶりつくか」

「火消屋敷の土間ならそうしますけど、茶屋の座敷では無作法でしょう。困りますね」

徳之助に従っていた女房おはつが進み出て、包丁を巧みに使いながら、それぞれに皮がついたままの一口に切り分けた。

「ほぉ。芝居茶屋では、そうやって出すか」

「お客さまは、みなさん晴れ着でございますので、こうしますとお召し物が汚《よご》れません」

「餅は餅屋とは、よく言ったものだ」

感心しながら西瓜の一口を含むと、口の中にも夏が押し寄せてきた。

四

毛利の中屋敷は赤坂の氷川神社に近く、周辺は坂だらけである。

政次の手にする提灯《ちょうちん》を頼りに、深まった夜の道を上ったり下ったりして、屋敷の耳門《くぐりど》の前に立った。

木戸を三度叩いた政次が聞き馴れないことばを放つと、耳門が中から開いた。

あらわれたのは毛利家の中間《ちゅうげん》か、法被《はっぴ》には一文字三つ星の紋どころが染められていた。

世慣れた年寄りだが、目つきは与太者《よたもの》の元締めのそれだった。

中屋敷とはいえ、三十六万石がこうした手合《てあい》を飼っていることが、文化、文政、天保、弘化とつづいた時世を見せていた。

大名屋敷が賭場《とば》を開いているのも、うなずけた。

広い邸内は暗いが、松の枝ぶりを見ても手入れを怠《おこた》っているのが知れる。が、招じられたところは、柱も床も梁《はり》までも磨き抜かれ、客をもてなそうとの心意気がうかがえた。

武家の屋敷ではなく、商家の別邸を思わせて堅苦しさはない。

板襖《いたぶすま》が開けられて、幾つもの燭台《しょくだい》が灯《とも》されているのが目に入った。

同時に大勢の人いきれが、迫ってくるのには閉口した。

博打《ばくち》をする連中の癖は、熱くなることだ。腹が空くのはもちろん、小用も忘れる者がいるという。

その誘惑は、あらゆるものを忘れさせてくれるのだ。

辛いこと、悲しいこと、不運なことから、痛い思いまでを彼方へ押しやり、家の者や祖先の誇りをも置き去りにして、没頭できるのが博打だった。

俗にいう飲む、打つ、買うの中では、もっとも歯止めが利かないと言われいた。酒は暴れても、浴びるほど飲めば倒れてしまう。女は銭《かね》の切れ目で、縁を切られる。

ところが博打だけは、借銭《しゃくせん》をしても勝てば返せると思い込めるばかりか、胴元はそれを嗾《けしか》けるのを常とした。

狂ったような熱気が今、香四郎を取り巻いている。

「旦那。ひとまず、銭を札《ふだ》に換えていただきます」

政次に言われ、香四郎は一両を渡した。

「言っときますけど、負けたら戻りませんぜ」

「分かってる。捨てるつもりだ」

「そうねがいましょう」

馴れた様子の臥煙は内梯子《うちばしご》を上がると、結界《けっかい》と呼ぶ帳場格子《ちょうばごうし》のある暗い中で、一両を替えた。

大名家が賭場用に、こうした造りをするはずはなく、江戸家老らの知らない内に建て替えたにちがいなかった。

　木札を手にした香四郎は、手招かれた席にすわった。ようやく目が馴れた。暗かったのではなく、夜の屋敷内があまりに明るかったからである。

　燭台だけで、十本以上。香四郎が想い描いていた賭場は、薄暗い小屋だった。理由はすぐに知れた。場末の貧乏人相手の安博打とちがい、大枚を賭ける屋敷である。いかさまは、針の先ほどもあってはならないからだ。

　壺を振る者の手つきから、賽《さい》のかたちにいたるまで、客は木札を握りしめて目を爛々《らんらん》と光らせながら見つめていた。

　得意先からの預り金に手を付けている番頭がいる一方で、今夜負ければ娘を売らなくてはならない者もいるかもしれなかった。

　賽が白い布の上に踊るたび、声にならない息づかいが伝わってきた。

　そんな中に江差屋の元番頭が、どこにいるかと目を走らせた。分からない。会ったことのない男を、見つけるのは難しいようだ。

　五十半ば、白髪で鶴首《つるくび》の元商人。これ以外、知っていることはなかった。

　白髪は染められ、飽きるほど食べつづければ首も太くなろう。居並ぶ誰もが、江差屋の和蔵に見えていた。

「丁半、どちら」

壺振りが、香四郎に向けて声を放ってきた。

話には聞いているが、一文なしの冷飯《ひやめし》くいだった香四郎は、賽に触れたこともなかった。

が、坐ったのなら加わったことになる。どうでもいいやと、丁に張るつもりで木札をつかんで出したことばが、

「半」

言い直そうと思ったが、口を突いた音は、半だった。

「よろしゅうございますね、丁半揃いました。――勝負」

一瞬の間があって、壺と呼ぶ籠《かご》が持ち上げられた。

「二五《にご》の、半っ」

結果を聞いたとたん、あちこちからため息の洩れてくるのが、香四郎をやる瀬なくさせた。

この一つで、夜逃げをする者がでる。女郎に身を沈める女が生まれ、大川に身投げした者の骸《むくろ》は翌《あく》る日に深川木場の杭《くい》に引っかかる。

顔をしかめた香四郎だが、客たちの目が痛いほど突き刺さってくるのをおぼえ

た。

「………」

香四郎の膝前に、山ほどの木札が押されてきた。

「ひとり勝ちですぜ」

なんのことかと目を泳がせると、政次が耳元で囁《ささや》いた。

「旦那。一両が、二十と四両になりました」

「ん。おれが」

「そうです。ずっと半の目ばかりがつづいていたところで、もう丁が来るはずと皆さんは賭けた。そこへ旦那が、一両分の木札を出したってわけでさぁ」

「いかさまか」

何気なくことばにすると、賭場の男どもは一斉に険しい顔を向けてきた。

同時に客がざわついたのは、死活に関わる者が多い証《あかし》だろう。静かだった場に、棘《とげ》が立った。

しかし、ここは大名屋敷であって、場末の小屋ではない。ことを荒立てては、あとがつづかなくなるのだ。

穏便な態度で、胴元は不届きな侍を脅《おど》さなければならないのである。

「お武家さまは、とんでもないことを仰《おお》せでございましたね。大勝ちをなすったお方が、みずから仕掛けがあるだなんぞと……」

ぬうっと顔を出したのは、肌に総彫りをほどこした褌《ふんどし》一丁の、両目がやけに開いた下郎《げろう》だった。

代貸《だいがし》と呼ばれる兄貴分なのか、雇われた用心棒か分からないが、細く尖らせた髷先《まげさき》は無頼を見せていた。

吉原の廓《くるわ》と同じで、賭場もまた太刀を入口で預ける決まりだった。が、脇差は帯にある。

玄関を出たところで、闇打ちに遭うくらいならと、香四郎は口元をほころばせてうつむいた。

「そうですかい。謝っていただけますか」

「うむ。望みと申すなら、頭を下げるほかないようだ」

言いざま、脇差をつかむと下から上へ払いあげた。

「わぁっ」

悲鳴は斬られた者のものではなかった。吹き上がった血潮を浴びた正面の客が、おどろいて上げた叫びだった。

今朝も似たことをした。芝居茶屋に押し掛けた与太者の、顔を薙《な》いでいる。夜更けの今は、顔面を袈裟《けさ》に斬り上げていた。暗い中では、赤い鮮血の色ではなく、ほとばしる血の量がおどろかせたのだ。

が、斬られた男も、賭場を開いている連中も、大人を見せた。

ここで騒いでは、長州三十六万石に傷がつくことになり、捨て置けない噂となれば、毛利家が開帳していた一家を始末しにかかるだろう。

売られた喧嘩を買うとか、臆病風は吹かせないといった面目がどうこうとの話を通り越し、皆殺しを見るにちがいないのだ。

新参の侍客が狂気を見せたことで、不穏な様相が一変して収まったのである。

びっくりしたのは、臥煙の政次であり、その仲間たちだった。

政次は立場上やりあうつもりだったらしく、両手に拳固をつくっていた。ほかの臥煙はどっちに付くかと、考えていたようである。

呆然《ぼうぜん》としたまま、なすすべを知らなかったのは客たちだった。

香四郎は血に塗れた脇差を、盆茣座《ぼんござ》に敷かれている白布で拭き取り、鞘《さや》に納めた。

白に鮮血の赤い筋ができ、それなりに美しいと思った。

「みなさま。今夜はこれにて、お開きとさせていただきます。いえ、木札のほうはお買い上げの分そのままに土産をつけて、お返しいたします」

代貸と名乗った男があらわれ、客たち一人ずつに頭を下げながら、顔を斬られた者の手当てを命じた。

そして香四郎の前に手をつくと、胸を下げ、顔だけ上げながら口を開いた。

「お侍さまには、ご迷惑を。いえ、お礼参りというような逆恨みをするほど、野暮ではございません。しかしながら、どうか二度とお出ましにならず、ここでの開帳もご内密にとねがいます」

「承知いたした。ここへ参ったのは、夢にちがいあるまい。その代わりと申すのもおかしいが、当屋敷に客としてあらわれる町人のことなのだが」

「へい。どのような」

代貸は、仲間たちによく聞けと目で命じた。

「名を変えておるかもしれぬが、日本橋長谷川町で、江差屋という乾物問屋にて、番頭をしていた和蔵と申す男なのだが」

「――――」

居あわせた者たちの目が、一斉に結界のある内梯子の上に向けられた。

「ここにおるのか」

「新参の帳場方でございます」

上のほうで、算盤が落ちる音がした。

「客ではないと」

「へい。ご当家の納戸役《なんどやく》さまが、帳場に据え置けと。賭場での上がりを勘定し、それなりの寺銭を納めさせるつもりだろうと、こちらは承知したのです」

連れて来いと代貸が言う前に、政次が素早く駈け上がって、和蔵を引きずり降ろした。

髪は半ば白く、なるほど瘦せぎすの鶴首だった。

ふるえているのは、やましいところがあるにちがいなかろうが、必死に言いわけをしはじめた。

「お役人さま。わたくしは十二の歳から奉公に上がり、乾物問屋で働いて参りました。主人の江差屋がなにをしていたか、まったくの門外漢。け、決して逃げたわけではございません……」

江差屋は抜け荷一件で、江戸所払《ところばら》いとなった。ところが、和蔵は姿をくらました。それで捕えに来た役人と、香四郎は思われたのだ。

「和蔵。奉行所では、おまえを血まなこになって探しておる。見つけ次第、江戸四里四方所払いにするとな」

「は、はい。仕方ないことでございます……」

初老の元番頭は、観念した様子を見せながら、賭場の代貸に救いを求める目を向けた。

「殊勝《しゅしょう》なること、見上げた心がけである。その覚悟があるなれば、今ひとたび、松前藩に手を貸してくれぬか」

「お役人ではなく、松前さまの、ご家中でございましたので」

江差屋は松前藩と組み、抜け荷で大儲けをした。が、処断されたのは江差屋ばかりで、蝦夷松前家には咎《とが》められた形跡すらなかった。

松前家からの千二百両の献金と、今後の運上金の話は、幕府との密約にすぎないのだ。

「おぬしを助けてやらねばと、松前志摩守さま直々《じきじき》の思《おぼ》し召《め》しでな……」

香四郎またぞろの、嘘八百である。

が、和蔵は自分が役立てる大名家がふたたび近づいてきたと、わずかに目元をゆるませてきた。

「どうだ。両国の下屋敷へ、同道してはくれぬか」

「追われる身とばかり思い詰め、かようなお屋敷に隠まっていただいていたのですが、松前のお殿様が、わたくしめを――」

「うむ。哀《あわ》れんでおられた。おまえの商人としての才を、痛く惜しまれてな」

和蔵は鶴のような首を伸ばすと、莞爾《かんじ》の笑みで体を小躍りさせた。

大名家に異国船との交渉などできるはずはなく、江差屋という北の海に商いを拡げていた老舗を取り仕切っていた番頭がいればこそと、復帰に胸を張って見せたようだった。

香四郎は賭場の連中を下がらせると、和蔵の耳に口を寄せた。

「江差屋ひとりに罪を負わせたのは、致仕方ない話。これも大名たる家の定めのようなものである……」

「重々承知しております。江差屋など五十人がところの所帯ですが、松前さまとなりますと、ご家中の方々を含め大勢が路頭《ろとう》に迷うことになります」

「老舗の大番頭ゆえか、世事に長《た》けておる。さて、善は急げ。町木戸が閉まらぬ内に、屋敷へ参ろう」

「明日では、いけませんか」

「話しておらぬが、町方はそなたに近づきつつある……」

「まことですか」

「今夜わたしが前ぶれもなくやって参ったのは、奉行所の動きがうかがえたゆえだ……」

眉を寄せた香四郎の芝居は、自身がおどろくほど真に迫っていた。

「なれば、同道させていただきます」

帳場へ戻ろうとした和蔵を、香四郎は腕を取って押し止《とど》めた。

「財布は無用、着替えも明日、ここの者たちに届けさせろ。町木戸が閉まっては元も子もないぞ」

香四郎にうながされ、和蔵は深刻な顔でうなずいた。

江戸市中では、大まかな町ごとに木戸が設けられている。

夜盗などの悪事を防ぐためで、四ツ刻には閉められ、脇には必ず番小屋が置かれていた。

医者や産婆《さんば》の往診以外、位の高い武士でも通行は厄介となり、それこそ奉行所配下の番所に知らせが走るほどだった。

「でも、間に合いますでしょうか」

和蔵は首をかしげた。

まだ五ツ半、急げば間に合うかと思ったものの、ここ赤坂から川向こうの両国までは余りに遠い。

「そうであるな。拙者の同輩が番町の屋敷に居候《いそうろう》をしておるゆえ、ひとまず身をひそめるか」

和蔵は尻に火がついているのならと、香四郎の持ちかけに一も二もなく乗ってきた。

香四郎の背ごしには、政次が縄を隠して立っていたが、縛《しば》り上《あ》げる必要はなくなった。

五

三日月が昇る晩は、心地よすぎる風が頬といわず袖口からも入ってきた。

香四郎を先頭に、和蔵と政次がつづく。

名のとおり坂が多い赤坂は、武家屋敷に加え、寺も多かった。

江戸府内であっても狸《たぬき》がうろつく赤坂は、貉《むじな》とも呼ぶ人を化かす獣《けもの》が出没するとも言われ、田舎《ざいしょ》だと悪口を口にする江戸っ子が少なくなかった。

「夜鳴き蕎麦屋《そばや》がよ、客に勘定をって手を出すと、振り返った客の顔に、目も鼻も口もないって。屋台を引っくり返《けえ》して、逃げたそうな」

のっぺら坊の化物譚《ばけものばなし》だが、猿若町では売れない小屋掛け芝居の役者が食えなくなり、白塗りして脅《おど》したのだと笑っていた。

「怪談も同じで、見たと言い張る野郎の大半は、なにか後ろめたい古傷を持つからさ」

道具方の親方のひと言で、三座の連中は納得するものだった。

はたして和蔵もまた、オドオドと目を泳がせながら歩いていた。

「当分は、奉行所の役人は遅くまで張るべく、働かされておるそうな……」

「えっ。お役人が、ですか」

「水野越前さま罷免《ひめん》以来、働かざる者食うべからずの風向きとか。あの役人が夜になってもだ」

「少しばかり、急ぎませんか」

「走るわけには、参るまい。逃げているとしか見えぬであろう」

「………」

和蔵は明らかに怯《おび》え、夜道を心ここにあらずといった様子で足を運んでいた。

「ところで、おまえが毛利家に駈け込めたのは、知り人でもおったのか」

「ま、まぁその、なんでございます」

歯切れがよくないのは、毛利家の家臣と交した約束があるのかと、香四郎は問い返すことにした。

「わが殿にとって、江差屋との取引きは危ない橋を渡ることであったし、この先もっと難しいことにもなりかねぬであろう。和蔵が博打《ばくち》者と懇意とあっては、ちと、なんである……」

「博打の連中とはまったく関わりはございませんで、なにを隠そう毛利さまもまた、異国船と——」

ことばに出して、和蔵はすぐに口を閉じた。要らざることまでと、後悔したようだった。

「松前家は一万石とはいえ、譜代。が、毛利家三十六万石は、外様ぞ。和蔵、幕府転覆を企《くわだて》るか」

「滅相《めっそう》もないこと。よ、よりによって徳川さまを倒すなど——」

「ないと申すなら、なにゆえ二股を掛ける」

「二股などではなく、譜代外様の別なく、海をもつ諸藩みな、異国との取引きに目を向けようとしております」

「手元不如意《ふにょい》の、銭《かね》を求めてか」

「いいえ。黒船の脅威にございますっ」

「――――」

香四郎がおどろく番だった。

見たこともない黒船には、巨《おお》きな砲門が据えつけられ、その威力は湊を一瞬にして廃墟としてしまうと聞いていたからである。

「和蔵。大砲《おおづつ》の並ぶ黒船を、見たか」

「二度ございます。オロシャの軍船で、撃ってきたわけではありませんが、松前藩の台場にある砲台のものとは比べものにならないほどでした」

赤坂御門を抜け、諏訪坂《すわざか》から麴町へ向かう通りに出ると、片側は紀伊徳川の中屋敷の塀《へい》が長くつづく辺りである。

香四郎は足を止めて、後ろの和蔵を見込んだ。

「あ、あわわ……」

斬られるかと思ったらしく、和蔵は頭を抱えてうずくまった。

「今の話、まことであるか」

「はい……、嘘いつわりはまったく」

声はふるえていたが、ことばに軽さも胡散《うさん》くささを感じなかった。黙って聞いていた政次も、真剣な目となっていた。

おのれが嘘をついている限り、他人もまた嘘をならべるであろうと考えることは、嘘をつく者の習性である。

が、香四郎が考えていたほどに、和蔵は悪人でも俗物でもないようだ。

香四郎は番町の自邸に連れ込んで、抜け荷商人を締め上げ、できるなら西国諸藩からも上納金をと目論《もくろ》んでいた。

それが銭かねの話ではなく、異国の砲撃という脅威があるから友好の取引きをとの話に、おどろきとなったのである。

峰近香四郎が長崎奉行の下に就いたことにはじまり、南町奉行の遠山左衛門尉《さえもんのじょう》のもとで猿若町へ出向いたのも、これすべて老中筆頭の阿部伊勢守による深謀《しんぼう》遠慮であり、その根底には異国の脅威があった。

――日乃本という六十余州の島国が、清国と同様に侵略される。

幕府も朝廷もなくなり、異国の出先役所が士農工商の四民を取り仕切るのだ。

――ことばがちがう。着る物も食べる物も異なる切支丹《キリシタン》が、君臨したなら……。

「和蔵に訊く。黒船は砲を撃ち込んで参ると思うか」

「――、分かりません。たとえ異人のことばが分かっても、連中が嘘を言うことは考えられます」

乾物問屋の大番頭だった五十男は、ことばなどどれほど知ったところで、腹の底を覗くことはできないと言い切った。

歩きだした香四郎は、右側につづく紀伊徳川家の長塀が難なく砲撃に壊れてゆく様を想い描いた。

――ここに十間幅《じっけんはば》の壕《ほり》があったとしても、造作なく破られるだろう……。

番町の峰近邸まで、半ば呆然《ぼうぜん》の態《てい》で足を運んだ。

四ツ刻か、江戸城の大太鼓が聞こえている。

屋敷の門は閉じられ、中にいるであろう老女おかねは主《あるじ》の香四郎が今夜も帰らないと、寝ているにちがいない。

が、臥煙の政次は馴れてますと、身軽に塀の上に立った。

邸内に降り、中から耳門《くぐりど》を開けた。

母屋《おもや》の玄関口に、人の匂いがしたので、香四郎は身構えた。

「誰ぞ」

声を掛けられた。

「おかねか、まだ起きていたのか」

「殿さまでございましたか。てっきり賊かと」

燭台《しょくだい》を灯《とも》すと、おかねが襷掛《たすきが》けに長刀を手にしているのがあらわになった。

政次がおどろいた以上に、和蔵は声をふるわせ目を剝《む》いた。

「ま、松前さまご家中ではなく、旗本のお屋敷——」

「安心せい、和蔵。お前を取って食うつもりも、奉行所に突き出す気もない」

香四郎は言いながら、広い玄関の式台に腰を下ろした。

老女おかねは濯《すす》ぎ桶《おけ》を三つ用意し、猿若町の役者の次の奉公人は、意気のいい火消と年寄りを雇うつもりかと、呆《あき》れた目を向けてしゃべりはじめた。

「そうか、奉公人とするか。それは名案。おまえたち、しばらくは当家に仕《つか》えてくれ。やらねばならぬ仕事が、いくらもある」

有無を言わせなかった。

まちがいなく、臥煙の政次も乾物問屋の番頭だった和蔵も、日本六十余州の役に立つのだ。

部屋を決め、ふたりに着替えを出した。

「今夜は疲れたであろうゆえ、ゆっくり寝てほしい。なぁに、余計な気遣いは無用。邸《やしき》への出入りも、好きにいたせ」

今朝あれほど悩んでいた出世が、香四郎の頭からきれいに抜け落ち、清々《すがすが》しい気が満ちてきた。

香四郎ひとりの欲が、六十余州万民の憂《うれ》いにすり替わったにもかかわらず、晴れやかな心持となった。

もちろん、出世して役を手に入れないとできない、というより信じてもらえないことは多い。が、江戸の狭いところしか知らなかった旗本に、視野が広がってくるのはまちがいないだろう。

見ることのできない世界を知ることこそ、生きてゆく上で役立つのだ。

寝間着《ねまき》に替えると、おかねが敷居ごしに声を放ってきた。

「本日、武家伝奏屋敷より、お使者が参りましたので、お伝えいたします」

「武家伝奏とは、朝廷の江戸屋敷の」

「さようです。明後日、大安の吉日に姉小路《あねこうじ》さまご来駕《らいが》とのこと。殿さまには正装にて、お迎えくださりますよう申しあげます」

「妻女が、決まったのか」

「まだでございます。お人柄そのほかの、首実検に参られますのです」

「…………」

公家の不味嫁《まずよめ》をいよいよ迎えることになるのかと、香四郎は千住宿の小娘女郎を思い出した。

〈三〉嘗《な》めて咥《くわ》えて、公武合体

一

翌朝、いちばんに早起きしたのは臥煙《がえん》の政次《まさじ》で、厠《かわや》の拭き掃除をはじめているようだった。

旗本配下の火消だが、三十をすぎちまいましたと笑った政次がしゃべっている。奉公人となるのは初めてですとも、聞こえてきた。

老女おかねとの話し声で、寝床にあった香四郎《こうしろう》は目覚めた。

「お武家であれ町家であれ、どこであっても人に指図されるのが嫌で、臥煙になったてぇわけです」

「指図というなら、火消の親方なり兄貴分のほうが、やかましいでありましょうに」

「ちがいます。臥煙てぇのは、言ってみりゃ世捨て人。でも、この世からおさらばと身投げしてぇわけじゃなく、人とのしがらみから脱け出たいって野郎がほとんどです。臥煙は目上目下《めうえめした》に関わりなく、押しつけがありません」

「さよか。ところでなにを嫌《きろ》うて、あんさん、体一面に絵を彫りなすったんですえ」

「口幅《くちはば》ったいようですが、実家は浅草の下駄屋。それも手広く商いを、今もやってまさぁ。客や問屋筋に頭を下げ、職人や家の奉公人の前じゃ威張りゃしねえくせに、体面を取《と》り繕《つくろ》う。それを見ていて、なんとも辛くなり、店は弟に譲って家を出ました……」

「それはまた、豪毅なものやえ」

一途な気性の政次は、巧みに嘘をつけない男のようだ。

臥煙は一本気《いっぽんぎ》を通すため、あえて彫物《ほりもの》を施すことで後戻りが叶わなくなるように自ら仕向けていると、香四郎は聞いたことがある。が、そうした半端者に、裕福な町人の子もいると知った。

そしてもう一つ、おかねが上方ことばを使いはじめていることにも、おどろかされた。

明日、ここ峰近《みねちか》家に姉小路《あねこうじ》の使者が、香四郎の首実検にやってくる。香四郎が政次なみの一途さをもつ男であったなら、公家の不味女《まずおんな》など迎えるつもりはないと蹴るだろう。

ところが、香四郎は「出世」という算盤《そろばん》を弾いた。無私無欲の悟りの境地へ至ろうとしたはずが、平気でそこから遠ざかった理由は自分にも分からなかった。

――世俗に、すぎるな……。

他人《ひと》ごとのように笑ったところへ、朝の挨拶にあらわれたのは峰近家用人である。

「お目覚めでございますなら、洗顔と髭《ひげ》、御髪《おぐし》の手入れなどいたしますが」

「んっ」

死んだ用人の島崎与兵衛《よひょうえ》が枕元に立っているかと思ったほど、ふるまいが似ていた。声を掛けてきたのは、和蔵《わぞう》だった。

年恰好《としかっこう》、瘠せ加減、ことばつきまでそっくりなことに、かつての用人が乗り移ったかと一瞬ゾクッとした。

「そうであった。臥煙と商家の番頭を昨日、雇い入れたのであったな……」

「お気に召しませぬのなら、いつでも出て行きます」

和蔵の口ぶりに、嫌みはない。

「いやいや。異国船を見ておる和蔵の知り得たあれこれこそが、先々の世の中を定める決め手となるはず。本日より、当家の用人格となってみるか」

「町人でございます。わたくし」

「なぁに、銭《かね》にあかして御家人株を買う商人《あきんど》はいくらでもいる。剣術など無用。公儀への届けを早速に出すゆえ、その町人髷だけ変えてくれ」

武士と町人は、湯屋で裸になっても髷だけで区別がつく。というのは、ほんの十年ばかり前から言われはじめたことでしかなかった。

侍は侍であって、どこにいても町人に思われることなどなかった。威厳であったり、貫禄や品格が、武士として滲み出ていたからである。

時世時節《ときよじせつ》は、良くも悪くも両者の違いを失《な》くしてしまった天保期といえた。

世馴れた和蔵は、とりあえずうなずいた。が、商家にいた者は旗本家の仕来《しきた》りに暗いのでと、奇天烈《きてれつ》きわまりない提案を申し出たことにおどろかされた。

「いかがでしょうな、用人さまにご老女というのは。手前はその下に就き、用人助勤《じょきん》とさせていただきますなら」

「女が、武家の用人と――」

「手前が見る限り、ご老女おかねさまは、大名家の留守居さまほどの押出しと、聡明さがうかがえます。このわたくし、目を瞠《みは》りましてございました」

旗本家の奉公人に女がなって、いいものかどうか分からない。しかし、武士と町人の区別がつかなくなった今であれば奇妙なことではないかもしれないと、香四郎は考えた。

「そうか。女であっても、困ることはない」

「はい。昨晩も長刀《なぎなた》を手に、お出ましなされたのです。まごうことなく、ご老女さまは男です」

言い切った和蔵に、香四郎は同意した。

「確かに男だ。とうに月のものは上がっておろうし、手を出そうなどと酔狂な者は絶対あらわれまい。それとも和蔵、どうであろうこの際おかねと、夫婦《めおと》になるというのは――」

「ご冗談を。手前は十二で奉公に上がって以来、独り身を通して参りました。いえ、男色の気はございません。相応の女を向島に囲っておったときも、恥ずかしながら……。ですが、こう申してはなんですが、ご老女さまが若かったとしても、わたくし手を出そうとは思いませんです」

顔を合わせて笑いあったとき、香四郎の首筋に、ベチャッとしたものが飛んできたことにおどろいた。

「――――」

和蔵は手を伸ばして、それをつまみ上げた。

「なんである」

「雑巾のようでございます。ご老女、いいえ女用人さまが、お厠でお使いだったものかと」

「厠……」

「手前、拭き掃除のお手伝いをして参ります」

いそいそと、それでいて従順な顔をした和蔵は、女の上役《うわやく》のもとへ出向いていった。

「和蔵。おかねに殴られるぞ」

「覚悟の上で。これも武家修業と、心得ましてございます……」

勇猛果敢な用人助勤を、香四郎は気の毒にも頼もしく見送った。

濡れた首すじに手をあてると、少しだけ臭《にお》う気がした。

朝餉《あさげ》がもたらされた。

先日までは、雇っていた猿若町《さるわかちょう》の役者たちが食事を作っていたのは知っていたが、今朝の膳はおかねが仕度をしたかと、香四郎は箸を上げて目で訊《たず》ねた。

「麹町《こうじまち》の仕出し料理屋に、作らせてございます」

「贅沢であるな」

「よろしいのです。明日いよいよ、伝奏屋敷よりお人が参られます。安直な膳を出すわけにはゆかぬゆえ、ご無礼ながらお殿様の箸づかいを、改めて拝見させていただきました」

「おかねは当家へ上がった日より、見ておったのではないか」

「しっかりとは、確かめてはおりませなんだ」

「わたしの作法に、穴はあったか」

「及第のかたちと、申し上げましょう」

貧しい旗本の四男坊は、ひと安心とため息をついた。が、女用人は気掛かりがまだ残っていると眉をひそめた。

「都流《みやこりゅう》なり公家ふうと申すものが、箸づかいにあるのか」

「そうではなく、男としての品定めがなされておりませぬのです」

「武芸の腕前、度胸に礼法、そのほか男ならではの立居《たちい》ふるまいなどは、見せようがなかったな」

「いいえ。これからわらわが、見なければならぬことでございます」

「長刀を得意とするそなたなれば、わたしと庭で手合せをいたすつもりか」

老女が困ったような顔をしたことに、香四郎は訝《いぶか》しんだ。

「男の品定め、すなわちいちもつの検分がなされておりませぬ」

おかねの目が、膳を前にした帯下《おびした》に向けられたので、香四郎は思わず箸を取り落としそうになった。

「いちもつの検分ということは、わたしとおまえが、一つ夜具に――」

「そないに阿呆《あほ》らしいこと……」

耳まで赤くして、老女は目を泳がせた。

「となると、いかような調べとなる。鼻を近づけて嗅ぎ、箸にてつまんで振り、果ては口に含み――」

ポン。

立ち上がった老女は、手にしていた飯杓子《しゃもじ》を香四郎に投げつけると、出て行ってしまった。

「…………」

分からないから訊《き》いただけなのに、なにを怒ったのかと、香四郎は頬に貼りつけた飯粒を呆《あき》れ顔で口に運んだ。

公家との縁組は、想像を超えた決まりごとが多いのではないか。

江戸に常駐する公卿《くぎょう》が峰近家の下調べに奔走し、本人や家人の身許《みもと》を洗い上げ、最後に香四郎を検分して終わるものとばかり思っていた。

しかし、考えるまでもなく、香四郎が出入りした吉原の廓見世《くるわみせ》から、先日の宿場女郎のことまで、すっかり見られているにちがいなかった。

——恐るべし、堂上人《どうじょうびと》。

千数百年に及ぶ都の朝廷とは、二百年余の徳川幕府などとは比べものにならないのである。

——尻《けつ》の穴まで調べるつもりか……。

香四郎は四つに這《は》わされ、棒切れのようなもので裸を突っつかれる様《さま》を想い、身ぶるいした。

膳に箸がつけられず、腕組みしてしまった。

——そうまでして、官位を手に入れたいのか。いや、このまま無役《むやく》で生涯を過ごすのは……。

自問しても、答は出なかった。

政次が膳を片づけにあらわれたが、ほとんど手がつけられていないのを見て、具合でもわるいのかと、顔いろをうかがってきた。

「あとでいただく。まだ寝起きだ」

「左様ですか。でしたら、湯殿のほうへ」

「朝湯か」

「そうじゃなく、ご老女さまが殿さまを湯殿へと」

「えっ」

本当だったのだ。おかねは検分役として、嗅いで、つまんで嘗めて、口に含むつもり……。

公家から妻女を迎えるか迎えないかさえ決められない中で、だらしなくも香四郎は屋敷の内湯へ向かってしまった。

二

旗本屋敷である限り、湯殿はある。

曲がりなりにも幕臣である身が、町なかの湯屋の暖簾《のれん》をくぐるわけにはいかない。

一千石の峰近家にも四畳半ほどの内湯があり、主《あるじ》から順に下働きの女までが使っていた。

奉公する町人は町の湯屋へ行き、それなりの息抜きをするものだが、貧しかった峰近家では町人身分の者まで内湯を使った。

夏の今は、湯を沸かさず水風呂となる。部屋住《へやずみ》のころは、井戸端で水だけ浴びた香四郎だった。

誰にも見咎《みとがめ》られることのない屋敷内であれば、いまも水浴びを好んだ。

ところが、今朝は井戸端ではなく、誰にも見られることのない湯殿へと、女用人からの言い渡しがなされたのである。

耐《た》えるしかないのだ。

――今日、明日を凌《しの》げさえすれば、公家から妻女を迎えられる。娶《めと》ったあとに武家の流儀を通せばいいと、恥ずかしいことにも目をつむるしかなかった。

湯殿の前で、声を掛けた。

「おかね。中におるのか」

「はい」

「どのようにいたす」

「丸裸におなりくださいますように」

「そ、そうか。下帯《したおび》も外せと……」

「お旗本なれば男らしゅう」

毅然と言い返されると、従わざるを得ないのが、香四郎の子ども時分からの癖となっていた。

下帯を取る手が、もどかしい。いや、不安でふるえた。

老いた女でも床上手《とこじょうず》と囃《はや》される者がいると、廓《くるわ》で聞いたことがあった。

「目を閉じたら、どんな女か分からないじゃありませんか」

吉原では、気に食わない客にあたった花魁《おいらん》が灯りを消し、巧みな老女と入れ替わることがあるとの話だった。

この場合の老女とは、遣手《やりて》の婆《ばあ》さんを意味すると香四郎は教えられた。

が、いま検分するのは、おかねなのだ。

──勃《た》ってしまったら、恥ずかしい。いや、萎《しぼ》んだままだと失格……。

峰近香四郎が胤《たね》なし男とされてしまっては、不首尾を見るにちがいあるまい。

──といって勃つとなれば、誰を相手にしても獣《けもの》のような侍とされ、これまた物別れ破談となるのだろうか。

「早《はよ》うなされませ」

「ただ今すぐ」

母親に叱られたような気がして、下帯を外して前を押さえながら、思い切りよく湯殿の戸を開けた。

おかねは襷《たすき》を掛け裸足となった恰好《かっこう》で、片隅に立っていた。

「わたしは、この簀子《すのこ》に横たわるのか」

「いいえ。お立ちのまま、置かれた手を離していただきとうございます」

「た、勃たせねば、ならぬのか」

「………」

老女の眉が、なんのことかとひそんだ。

香四郎は独りで勃たせなくてはならないらしいと、目を閉じて好みの女を思い描こうと逸《はや》った。

――これができぬと、不味《まず》い公家娘を抱くことも叶わないことになるのではあるが……。

できるはずもないのは、目の前に怖い老女がいるからで、香四郎は泣きそうになって顔をしかめた。

「済まぬが、できそうにない」

「できないことなどありませぬ。下腹に置かれた両手を、お離しくだされればよろしいのです」

「えっ。そ、そなたがいたすのか、いきなり」

「いたすもなにも、拝見いたすだけでございます」

「顔を近づけて、か」

「ことと次第によって」

公家世界の大胆さに面食らい、香四郎は腰を引いた。

「ち、近づいて嘗《な》めた上、咥《くわ》えるつもりか」

「加えるとは、なにをでございます」

「分かっておるであろうが」

「殿さま。なにを狼狽《ろうばい》いたされるのです」

「いや、その、なんだ。あの……」

手を置いたままの香四郎は、しどろもどろとなってしまい、両膝を付けた恰好で委縮した。

「大の男が。お離しなされませっ」

進み出たおかねの手が、香四郎の手の甲をいやというほど叩き、いちもつは晒《さら》されてしまった。

「あわわ」

「往生際《おうじょうぎわ》の、わるい」

老女の鋭い目が、香四郎のいちもつを値踏みしはじめている。

「思いのほか、毛が多うございます」

岡場所に仲間と連れだって行ったとき、女郎が香四郎の陰毛を見て、助平《すけべ》はこの毛が多いと言った。

「京の都では、毛が多いと、よくないのか」

「さようなこと、聞いてどないなさりますえ」

言いながら老女の手が分け入るように、香四郎のいちもつへ伸びてきた。

触るなと腰を引いたとたん、いやというほど尻を叩かれた。

「取って食べようなんぞと、思いますかいな。ちぃとばかり、見えないところを拝見……」

「し、しげしげと見て、なにを致すっ」

「よぉ見んと、良からぬものかどうか、分かりませんがな」

「良からぬものというのは、なんである」

「瘡《かさ》なり横根《よこね》の、あるなしですえ」

「――――」

分かったと同時に、香四郎は大きく脚を開いた。

商売女と交わることによって伝染《うつ》る下《しも》の病の有無を、調べることだったようである。

「照れずと、初めから堂々となさればよいものを、いけずな殿さまですえ……」

いけずの意味は分からなかったが、憎たらしいくらいのことだろうと、ようやく香四郎は笑い返せた。

ピシャ。

「乳母《めのと》はんでもないわてに、手間を掛けさせて。ほんに、いやらし殿御《とのご》でおますわいな」

「都ではいやらし、と申すのか」

ふたたび尻を叩かれ、香四郎は襁褓《おむつ》を取り替えていた頃の、かすかな思い出を甦《よみがえ》らせてしまった。

「ひとまず及第といたしましたゆえ、明日、おきばりやす」

「気を張って迎えるのだな」

「ちがいますがな。一所懸命になっても、肩肘張ってはどうもならしまへんよって、落ち着きを見せつつ、お品よう。お頼《たの》申しますえ」

女用人というより、乳母なのだと納得した香四郎は、水風呂に入ると言って老女を追い出した。


濡れた体で湯殿から出ると、政次が飛び込んできた。

「殿さま、黒漆《くろうるし》の武家駕籠《かご》が入って参りました」

「ん。武家の」

「へい。金蒔絵《きんまきえ》の紋が、貼りついてます」

「どなたか」

「いきなりだったもんで、見てません」

前もっての報《しら》せがないとなれば、南町奉行ではないか。先日同様、頭巾を被《かぶ》ってのおしのびだった遠山左衛門尉《さえもんのじょう》だろう。

「着替えるまで、お待ち願いたいと申せ」

「よろしいのですか」

「毎度のこと。こちらに不始末はない。ちょうどいい、和蔵とおまえを雇い入れたことと、女用人のことはそれとなく訊《たず》ねてもらいたい」

「あっしが、ですか」

「構わぬ。わしの後見人だ」

「分かりやした」

江戸の町人が褒《ほ》め上げる奉行だが、公私の別を弁《わきま》えるのが遠山だった。

奉行駕籠で来たのなら、それなりの公《おおやけ》ごとであろうと思えた。

——預《あずかり》という身元引受けが終わり、いよいよ役が就く。

軽いところでは、江戸城の書院番。少し重いと、将軍の側《そば》に小姓組頭《こしょうぐみがしら》として抜擢《ばってき》。一気に、伊勢山田の遠国奉行《おんごくぶぎょう》……。

なんであれ、公家との縁組が決まりつつある香四郎なのであれば、町奉行の遠山にとって親しくしておくほうがいいに決まっていた。

「お奉行も、勘定高い」

つぶやいて、ニンマリした。

戻ってきた政次が、目を剝《む》いている。

「いかが致した。彫物《ほりもの》のある奉公人など許可できぬと、一蹴されたか」

「あ、あ、葵の御紋です」

「政次、わたしの刀を抜いて見たのであろう。案ずるな、拝領物で盗品などではない」

徳川家の妖刀《ようとう》とされる村正《むらまさ》を、政次が覗き見たにちがいなかった。

「そうじゃねえっ。玄関に横づけされたお駕籠の紋が、三ツ葉葵です」

「――――」

香四郎は返答できなかった。

「ですが、将軍《くぼう》さまじゃありません」

「女か」

香四郎は咄嗟《とっさ》の判断で、大奥からの使者と考えた。

京の朝廷と江戸城大奥は、密接なつながりがあった。

明日やってくる姉小路という公家は、大奥の最高位となる上﨟《じょうろう》御年寄を務める家柄である。

が、政次は首をふり、中からあらわれたのは立派な侍でしたと、惚《ほう》けたようにつぶやいた。

「おかねを玄関へ。わたしは、着替える」

言ったなり、香四郎は奥の納戸《なんど》部屋へ走った。

行列をしての来駕《らいが》でないのであれば、おしのびの若年寄となる。

若年寄であるなら、旗本監察役としての役目で、香四郎を譴責《けんせき》しに来たのではないか。

「町奉行預の身にありながら、江戸府内を離れ、千住宿へ参り賤《いや》しい女買いをせしこと明白なり」

預の身から閉門逼塞《ひっそく》に落とされ、公家からの輿入《こしい》れは無に帰してしまう。

——上手い話など、つづくはずがない。

香四郎は旗本となって、増長したつもりはなかった。しかし、物ごとが上手くまわることが相次ぐわけなど、どこにあろう。

着替える手に力が入らず、袴《はかま》を上手く着つけられないもどかしさに、苛立《いらだ》った。

「今日は、おれには仏滅ってことか」

口にしたところで大安に替わるわけもなく、政次とともに和蔵まで呼びに来ると、オロオロした。

「すぐお帰りになるとかで、急いでほしいとの仰《おお》せです」

「袴などなくても、よろしいでしょう」

和蔵は羽織を着せかけ、どなた様なのだと首をかしげる香四郎を追い立てた。

三

客間の上座にいたのは老中筆頭、阿部伊勢守正弘だった。

「ご老中……」

「久しく見ぬ内、でもなかったな。峰近」

「ご健勝のご様子、心より――」

「無用な挨拶はよい。おぬしに会いに参ったのは、遠山の預である身を解くためだ。本日より新しい役向きをと、上様のご裁可を携えてきた」

「御役《おやく》、でございますか」

下げた頭の下で、口元がほころんでくる。

「申し渡す。峰近香四郎、将軍の命により旗本身分を、解く」

「――――」

目の前の畳が揺れて、血の気が失《う》せてゆくのが分かった。

閉門逼塞《ひっそく》どころか、お家断絶である。

「申し渡す」

八丈島へ遠島、あるいは切腹。いや幕臣でなくなったとなれば、町人なみに打ち首獄門か……。

二十二年の短い歳月が、ここに極まるのだ。

「心して、聞くがよい。峰近香四郎を九条家諸大夫《しょだいぶ》とし、武家伝奏屋敷詰《づめ》といたす」

くじょうと耳が捉えたので、苦情が出たのかと思ったものの、武家伝奏屋敷の名が聞こえて顔を上げた。

「今一度うかがいたく存じます。江戸城和田倉門《わだくらもん》脇、伝奏屋敷に詰めよよ仰《おお》せでございますか」

「左様。明日より、峰近は摂家九条さま付きの侍となる。旗本の知行は取上げるが、役料として一千石、屋敷もこのまま拝借してよい」

「分かりかねますゆえ、今少しご説明を」

「勘がよいと聞いておったが、説明せねばならぬようだ。よいか、そなたと初めて相《あい》まみえた折、異国ばなしに終始したのを憶えておるか」

「忘れるわけもございません。清国が阿片《あへん》により開港し、次はわが六十余州とのことでした。しかし、あのときの事情は幕府ご金蔵の払底であったはずです」

「考えよ。銭《かね》がないより、異人によって国が侵されるほうが怖かろう」

「はっ。されど黒船の脅威と、都の公家との関わりが、分かりかねます」

「遠からぬ内、異国は徳川幕府に港を開けと大挙して参るであろう。その折、わが国の決めごとは幕府が決定し、朝廷が允可《いんか》することになっておると言い返すつもりでおる……」

「先送りして時を稼ぐとの、兵法ですか」

「そのとおり。頼んだぞ、峰近」

「お待ちを。わたくし、都の作法を存じません」

「だから、都の妻女を娶《めと》るとなったのであろうが」

「では、わたくしめは入婿《いりむこ》に」

「婿はならぬ。あくまでも、かたちは朝廷が格上。しかし、徳川家を実質の上位といたさねば、公家どもに跪《ひざまず》くことになる。峰近の名は、よい。東山三十六峰、その懐《ふところ》に抱かれしゆえ峰近と……」

公家の因習など、追い追い憶えてゆけと言い残し、伊勢守は帰ってしまった。

旗本ではなくなった。

江戸詰の公家侍など聞いたことがないと、香四郎は見送るのも忘れてすわり込んだ。


満面の笑みを湛《たた》えて香四郎の前にすわったのは、女用人おかねである。

「これで明日の首実検は、及第となったも同然でおますえ」

老中のお墨付、それも将軍が命じた公家付きの武士となったのである。めでたいと、歯を見せた。

今まで、老女の歯を見た憶えはなかった。鉄漿《おはぐろ》が黒々と映え、それなりの華やぎを映し出していた。

「赤飯《おこわ》、炊きまひょな」

「それほど、めでたいことか」

「当たり前ですがな、旗本に公家のお姫《ひい》さんがお輿入《こしい》れあそばすのは、滅多にある話やおまへんえ」

「であろうが、峰近の名は残っても、入婿同様の肩身の狭い立場になる」

老中が帰ってから、これは出世ではないと思えていた香四郎だった。

いずれ官位がもたらされ、小大名と同格にはなれるだろう。

旗本で高い官位をもつ家に、高家《こうけ》がある。

元禄の浪士事件で首を取られた吉良家も、高家の一つだった。

従四位上《じゅしいのじょう》左近衛権少将《さこのえごんのしょうしょう》となっていた吉良上野介は、従五位下《じゅごいのげ》の浅野内匠頭《たくみのかみ》の家臣に、血祭りに上げられたのである。

朝廷が授ける位など、徳川幕府においては飾りでしかないのだ。

この先、香四郎が有職故実《ゆうそくこじつ》と呼ぶ公家や武家の作法を学べば、高家の一つとして認められるかもしれない。が、出世はそこまでで終わってしまう。香四郎の想い描く幕政への参画は、あり得ないこととなる。

装束や礼法をこと細かに言い立てるだけの、口うるさい男と蔑《うと》まれるのが見えた。

「お殿はんは、不服でござりますかえ」

「不服もなにも、拒むわけに行かなかったのだ。が、面白くない」

「もしや吉良はんを、思い描いたのでは」

評判のすこぶる悪い上野介だったからと、おかねは言い当てた。

「高家になってもなぁ……」

「百五十年も昔の話ですえ、赤穂はんの押し込みは。吉良はんは、芝居に仕立てられはったによって、悪者に思われたのです。申しておきますが、改易断絶の吉良家は、四千二百石でしたえ」

忠臣蔵の芝居が吉良上野介を敵役《かたきやく》にしたのは分かるが、四千二百石だったと聞いて、香四郎は考え方を少し修正した。

「左様であるな。登城した大名へ意地のわるいことをせねば、千が四千となるに不服などない」

「……。あんさんが銭勘定をなさるとは、それでも徳川はんのご家来で」

呆《あき》れ返るおかねに、香四郎は冗談だと笑って見せた。

が、俄然力が湧いてくるのは、これまた香四郎の幼い頃からの癖だった。

一喜一憂、泣いた烏《からす》がもう笑う。

臥煙の政次や歴戦の強者《つわもの》だった和蔵の爪の垢《あか》を、煎《せん》じてもらわねばならない程度の男なのだ。

おかねは明日の首実検の仕度をと、香四郎の衣裳を取りに出掛けるつもりでいると草履《ぞうり》を出した。

「衣裳と申すなら、芝居小屋へ参るか」

「どこまで阿呆《あほ》やろ。芝居に使うペラペラ物なんぞ、見破られますえ」

本物を誂《あつら》えてあると、老女は出て行った。

昼下がり、香四郎は政次が調達してきた京都の案内となる『都細見《みやこさいけん》』に目を通していた。

いずれ禁中 並《ならびに》 公家諸法度を借りて、学ぶ必要があった。その上で、古来の礼儀作法を身につけ、諸大名に教える下準備である。

「従四位となると、偉ぶってしまうかな……」

吉良上野介の二ノ舞はいただけないと、みずからを戒《いまし》めた。

――わたしも、大人になった。

知らずの笑みが頬を嬉しくふるわせ、老中の伊勢守の上座に立つおのれの姿を思い描いた。

阿部伊勢守は、従四位下、あの上野介はその上の従四位上だったのだ。

「いや、官位など取るに足らぬ。目指すは幕閣の、それなりの殿席《でんせき》」

夢見がちになった。雲の上を歩くような、体に羽が生えてきそうな気分になったところへ、政次が駈け込んできた。

「旦那。ご用人格の和蔵さんが、深刻を見せてます」

「まだ用人格となってはおらぬぞ。それより政次、わたしを旦那と呼ぶのは、いささかな……」

「あっしら臥煙は、主人であっても殿さまとは言いません」

「主人を主人とも思わない連中であったな。それはそれとして、和蔵が深刻とは気になるが」

政次と一緒に、かつて用人部屋として使っていた八畳間へ入ろうとすると、和蔵は旅ごしらえをしていた。

「和蔵。旅に出るのか。武家奉公がいやになったからと、諸国巡礼の旅にでも出るつもりか」

た。

「いいえ」

素っ気ない。憮然《ぶぜん》とした顔の和蔵は深刻さを見せつつ、手甲脚絆《てっこうきゃはん》を着けはじめた。

「身近な親族に不幸があったのか、それとも不治の病《やまい》が見つかったとか――」

「殿に、話すわけには参りません」

「抜け荷のことで、かつての仲間となにかあったか」

「申せませんのです」

「死ぬ気か」

「――。死ぬかもしれません」

香四郎は部屋に入り、政次に襖《ふすま》を閉めるよう、目配《めくば》せした。

「穏《おだ》やかではないな、和蔵。商家の大番頭にまで昇り詰めたおまえが、直情ぶりを顕《あら》わにするのは似合わぬ」

「旗本の冷飯《ひやめし》くいであったお方が、お公家に近づいてにやけるのも、似合いませんし」

「…………」

笑えない香四郎の代わりに、政次が口を開けて音なしの笑いを見せた。

「なにがあったのだ。一つ屋根の下に暮らすまでになった仲であろうに、ちと水臭《みずくさ》い」

「和蔵の旦那、薄情だと言われてるんですぜ」

政次が加勢した。

江戸者にとって薄情と言われるのは、人でなしと囃《はや》されるに等しいことになっている。

「わたくしが薄情と」

「左様。冷たい、江戸っ子の風上《かざかみ》にも置けぬばかりか、鬼畜に劣る」

「旅に出る和蔵の旦那を、止めようってわけじゃありませんや。しゃべってくれた上で、死にに行くのなら男です」

臥煙の筋は、通っていた。

ならばと和蔵は懐《ふところ》から、くしゃくしゃになった紙きれを取り出し、香四郎の前に拡げた。

小さな文字で、短い文が書かれてあった。

〝帆《ほ》さま　武州岡部《おかべ》藩安部《あんべ》家中へ預《あずかり》との風聞〟

預の一文字は、昨日までの香四郎と同じである。分からないのは、帆さまとある人物だった。

岡部藩安部家は二万石だが、当主は継嗣《けいし》したばかりの幼君と聞いている。

「おまえが大盗賊の仲間であっても、わたしは責めないし役人へ知らせもせぬ。赤穂の浪士と同じように、敵を討ちに参るのも止めはせぬ。むしろ、骨を拾ってやろうと思う。この帆とは、誰だ」

「旗本である殿に、迷惑が及びかねません」

「もう幕臣ではなく、わたしは公家の諸大夫すなわち家令《かれい》に組込まれてしまっておる」

理屈ではあるものの、幕臣に片足がしっかり残っていることは、香四郎も分かっていた。

しかし、骨を拾うのひと言が、和蔵の胸に突き刺さった。

「わたくしは六年前、帆《ほ》影会《かげかい》の一員となりました」

「海釣りの仲間か」

「……。国士と崇《あが》め奉《たてまつ》る高島秋帆《しゅうはん》先生の下《もと》、親異国を柱とした方々の集まりの秘かな名称です」

和蔵は異人を排斥《はいせき》すべきではないとする蘭学一派を含んだ結社だと目を据えて

言った。

六年前、天保改革の中、蛮社《ばんしゃ》の獄《ごく》と呼ばれた蘭学者一派への弾圧がおこなわれた。

鎖国を祖法とする幕府の見せしめとなったが、嘆いたのが長崎会所の年寄役で、西洋砲術家の高島秋帆だった。

唯一の交易場である長崎の秋帆は、今後は商いをして異国と交流すべきと、唐物《とうぶつ》を扱う商人たちへも声を掛けたという。

「蝦夷《えぞ》松前を仕事場としていた和蔵に、声が掛かったのか」

「前にも話しましたが、秋帆先生は正しいお考えをもち、わたくしどもを導いてくださいました」

ところが、天保改革の終わり頃、秋帆は逮捕され、江戸の小伝馬町《こでんまちょう》の牢に入れられてしまった。

今も牢につながれているはずだが、帆影会の仲間は秋帆が武州岡部藩へ送られるらしいと知り、和蔵のところへ投げ文《ぶみ》を放り込んだ。

「和蔵、おまえが行ってどうなる」

「この世を去られる前、ひと目お会いしたいと決めました」

「会えたところで、どうする。辞世の句でも、聞き取るつもりか」

「………」

「秋帆が武州へ送られると決まっても、斬首されるとは限るまい」

「いいえ。小伝馬町に三年も留め置かれている秋帆先生は、かなり衰弱なされておられるのです……」

弱った秋帆を岡部へ送れば、そこで死んだことで幕府は責任を逃れられると付け加えた。

「わたしの話も聞いてくれ、和蔵。先ほど来駕《らいが》された伊勢守さまは、異国排斥の攘夷派ではない。かく申すわたしもだ。高島秋帆は異国事情をよく知る重要なる人物、ご老中が放逐《ほうちく》するとは考えられぬ」

「幕府ご老中は、一人ではありません。そればかりか隠居謹慎とされた水戸徳川の斉昭《なりあき》さまは、攘夷の中心として隠然たる力を持っておられるではありませんか」

乾物問屋の元番頭は、江戸城の政《まつりごと》にも詳しいようだった。

「分かった。考えてみよ、和蔵。秋帆がいなくなれば、おまえ方が開港の任をまっとうすることになるのだぞ」

「わたくしごときが、任を……」

「そうだ。民百姓が他国の侵略に酷《ひど》い目を見ぬよう、江戸や大坂が火の海とならぬためにも、おまえは働け」

香四郎の説得は、和蔵が手にしていた脚絆を取り落とさせていた。

四

翌朝といっても明《あけ》六ツ前に起こされた香四郎は、五位をもつ諸大夫《しょだいぶ》の式服となる大紋《だいもん》を着るべく、おかねの前に立っていた。

「なにも、かような仰々《ぎょうぎょう》しい恰好《かっこう》をすることまで……」

五位とは大名身分に比すが、まだ官位さえ得ていない香四郎であれば、勇み足となってしまう。

「よいのか、おかね。官位を偽《いつわ》ることになるが」

「おいであそばすのは、姉小路さまです。近い内に従五位下となられる旗本なら、よろしいおますぇ」

「気軽なものだ」

とはいうものの、烏帽子《えぼし》と呼ばれる被《かぶ》りものはいただけなかった。剃りたての月代《さかやき》を、度々こするのである。

髷《まげ》を隠すように載っているのだが、あごまで伸びる紐《ひも》が首のところに結んであった。鬱陶《うっとう》しいこと、限りない。

「しばしの辛抱ですがな。かような被りものは、年に一度か二度。それが、五位の君《きみ》ですえ」

香四郎をニンマリさせたことばとなった。

「本日は大勢が参られるのか、それとも数人か」

「さしあたってのお膳は、十人分。姉小路さま来駕《らいが》とうかがっておりますから、大奥からのお付きの方々が――」

「姉小路どのとは、武家伝奏の公卿《くぎょう》ではなく、大奥のお方さまが――」

女がやってくるなど、今の今まで思っていなかった。

伝奏屋敷から公卿が数名、珍しい牛車《ぎっしゃ》に乗ってあらわれるかと、思い込んでいた香四郎である。

が、やってくるのは女たちという。

公家の不味《まず》姫《ひめ》と同じく、大奥の年寄女たちは見苦しいだけと、部屋住《へやずみ》時代の仲間たちの笑い草となっていた。

目の前にいる女用人おかねもだが、香四郎の苦手は、抱けそうにない女の扱いだった。

涙に騙され、激しいことばに打ち負かされる。一旦嫌われると、末代に至るまで陰口を叩き祟《たた》ってくるのが、こうした廃棄された女なのだ。

その上おかねとちがって、権高《けんだか》であると、香四郎など端《はな》から相手にしない態度を取るにちがいなかった。

「首実検に、大奥が乗り出してくるとは思わなんだ」

「迂闊《うかつ》でおますえ。公方《くぼう》様の御台所《みだいどころ》さまは、親王家より降嫁《こうか》されてます。先代の家斉公は近衛《このえ》さまからと、代々京の都のお姫さんを迎えるのが、仕来《しき》りでおますがな」

将軍に準じた嫁取りをする旗本であるなら、江戸城大奥が目付役となるのは当然と、おかねはなにを今更《いまさら》との顔をした。

「今ひとつ訊《き》く。九条家が由緒ある摂家で、三千石もの家禄をもつとは聞いたが、いかような立場におわす公家か」

「なにを仰言《おつしや》るやら、阿呆《あほ》らし。九条家のそれを探って、老中はんへ告げるのが役目やおへんか。武家伝奏や無《の》うて、公家伝奏とでも言うたらよいのとちがいますか」

「………」

京都には、所司代という朝廷を見張る大名の職がある。しかし、その役割は謀叛《むほん》の探知であって、腹の底まで見透《みす》かすことではなかった。

老中筆頭である阿部伊勢守は、峰近香四郎という旗本を、摂家の雄《ゆう》に送り込んだのである。

「公家の諸大夫は、伝奏役になるか」

「ほんに、部屋住でおましたお殿はんいうのんは、うっかり者え」

開いた口が塞《ふさ》がらないと、女用人は迎える仕度が忙しい中で余計な話をさせられたことに腹を立てつつ、台所へ立って行った。

なにも知らない上に、なに一つ考えないでいた香四郎であることを痛いほど知らされた。

知らないから仕方ないというのは、まちがいだ。知らなくとも、考える者こそ一人前ではないか。

おかねの言ったとおり、部屋住の身にあった旗本の四男坊は、のほほんと生きていた。

思考せず、あるがままを受け止め、武士としての矜持《きょうじ》をなんとなく保っていたにすぎない。

「流されるがままであった」

つぶやいても、教え諭してくれる者はいないのだ。

屋敷のおかね、和蔵、政次の三人は、香四郎を主《あるじ》とする家《うち》の者なのだ。手を貸してくれても、叱って鍛えてはくれないだろう。

三人とも香四郎より年上であり、愚鈍な殿さまなど構っていられない自分を持っていた。

「そう言えば、おかねは突如ある朝、いきなりあらわれた……」

知らぬまに居ついてしまった老女の出自《しゅつじ》を、死んだ用人の与兵衛は語らないまああの世へ旅立っていた。香四郎は阿部伊勢守の深慮によって送り込まれたと思ったが、まちがいなく幕府の意を汲《く》んでの老女と思えてきた。

また和蔵は帆影会の一員として、国士になりつつあった。

政次にいたっては、香四郎という男に見切りをつければ、さっさといなくなるだろう。

こう考えると、孤独とは言わないまでも、香四郎は取り残されている気がしてならなかった。

というのも、淡い憧憬《どうけい》を抱いていた芝居茶屋のおりくは別としても、いっとき弟ほどの慈《いつく》しみをもって接していた御家人の吉井寅之丞《とらのじょう》、さらに同時に拝謁した旗本の林原栄輔《えいすけ》、町火消組頭《くみがしら》の辰七《たつしち》や幸吉などは、ここしばらくいっかな顔を見せていないからである。

「みな、おれを見切って……」

悲観したとたん、表口がざわついた。

「旦那っ、じゃねえ、殿さま。お待ちかねの、行列がやって参《めえ》りやしたぜ」

「長いのか、行列は」

「それほどじゃござんせんけど、派手です」

派手と聞いて、大奥からの姫駕籠《ひめかご》がやって来たと見当をつけた。

おもむろに立ち上がり、香四郎は衣紋《えもん》をつくろいながら、出迎えるべく息をととのえた。

姫駕籠とはいっても、中に鎮座するのは乾ききった婆《ばあ》さんだ。せめて、お付き女中に美形がいればと、そればかりを期待して廊下を進んだ。

玄関の式台には、おかねが早くも威儀を正してすわっていた。

トン。

小さな音は香四郎の長袴《ながばかま》の膝を打ったもので、頭を下げて平たくなれというこ
とらしく、従うしかなかった。

横柄《おうへい》で鼻もちならない老上臈《じょうろう》に、がまんする一日がはじまる。

小さな姫駕籠だが、担ぎ手の陸尺《ろくしゃく》が四人、供侍《ともざむらい》が二名も随《したが》っている様《さま》は、滑稽
な気がしてきた。

駕籠のまま敷居を跨いだ女乗物は、音もなく玄関の土間に降ろされた。

「かような小屋敷へのご来駕、まことに申しわけなく、当主ともども恐縮いたし
ております」

おかねのことばに合わせ、香四郎は平身低頭するしかなかった。

強い薫りが鼻についてきたので、顔をしかめた。

干乾《ひから》びた上臈が好むものか、それとも婆ぁ臭《くさ》さに閉口した若い奥女中が匂袋《においぶくろ》を
駕籠の中に置きまくるのか。峰近家の玄関は、むせ返るほどの薫りに見舞われて
いた。

——早く帰ってくれ。

祈りたかった。

いつからおこなわれだした風習か、箒《ほうき》を逆さに立てておくと客はさっさと帰るという。玄関脇の小部屋に箒を立てておけばよかったと、香四郎は今さらながらの舌打ちをした。

が、次に耳が捉えた女の声は、香四郎が想い描いた趣《おもむき》と明らかにちがうものだった。

「かね子、そうであろ。桜田上屋敷に、わらわと共にあった」

「お憶えでござりましたか、嬉しゅうございます姉小路さま。あの折の、かね子にございます」

声が交されると、女乗物の戸が開く音がした。

——ふたりは旧知の間柄……。

老中の伊勢守ばかりか、大奥の上臈御年寄女までもが、おかねを通して香四郎を締めつけようとしているのか。

一から十、男のいちもつから宿場の女郎買いまで、丸裸になっているにちがいなかった。

壁にも襖《ふすま》にも耳や目があり、今までもこれからも、朝から晩まで香四郎は見張られているのだ。

愕然《がくぜん》としたとたん、烏帽子がずり落ちた。

「ほっ、ほほ」

上臈の笑った声は軽く、香四郎の耳に心地よく届いてきた。

「峰近とやら。馴れぬ被りものなど、無用なるぞ」

声柄ばかりか、掛けられたことばの柔らかな甘さに、ふわりと酔わされた。

顔を少し上げると、上臈と目があった。

三十五か、六か。

厚めの化粧に隠れた素顔だが、女の歳を見抜くことに長《た》ける香四郎をうなずかせた。

安女郎の厚化粧とは、味わいがまったくちがっている。

紅《べに》も白粉《おしろい》も上物だろうが、絵を描いたような手法が滑稽すぎて、香四郎は口に手をあててしまった。

しまったと後悔したところで、遅かった。

「あっ、咳をしそうになりましたゆえ」

空咳《からぜき》を見せたが、睨まれた。

「大奥に勤めする者を、侮《あなど》るでない」

怒っているようだったが、少しも横柄《おうへい》さがうかがえなかった。

おかねが仲を取りもってくれた。

「姉小路さまにおかれましては、桜田屋敷のときのまま、お変わりはないようでございますね」

「人の性《さが》など、変わるものではなかろう。かね子」

「そのとおりでございます。わたくしめも、殿方と肩を並べようとする性根《しょうね》は、今もなお」

「まったく。かね子からは、女であるからといって、男より一歩下がって身を引くものではないと、習いました」

「お恥ずかしい、男勝りと今も笑われております」

「ふふ、ふ」

「ほほほ」

女ふたりの含み笑いは、賤《いや》しさをまったく感じさせなかった。

「寒山拾得《かんざんじっとく》を見るようでございます」

香四郎の感嘆に、ふたりは口に手をあて、無言の莞爾《かんじ》となった。

世俗を超越した唐の高僧の仙人ぶりとされる寒山と拾得の二人は、晩年のあるべき真の姿と、水墨画の題材となっていた。

「さぁさ、奥へ。町家の仕出しではございますが、お召し上がりいただきたく粗餐《そさん》を用意いたしました」

「町家の味か、懐かしいな」

峰近香四郎の首実検ではなく、女ふたりの邂逅《かいこう》を寿《ことほ》いでいるとしか思えない様相となった。

おかねは姉小路の手を取り、温もりを懐かしんでいる。

年を取られて、人目も憚《はばか》らず目を潤ませた姉小路は、来し方をふり返っているようだった。

客間に並んですわると、香四郎そっちのけで昔ばなしとなった。

聞いていると、十五年も前ふたりは桜田門外の毛利家上屋敷にあり、将軍家斉の娘和姫《かずひめ》の輿入《こしい》れに携《たずさ》わっていたという。

かね子とは、おかねの元の名らしいとは、話から分かってきた。

しかし、徳川家から迎えた和姫は一年ほどで病死、お付き女中たちは江戸城大奥へ戻ったのである。

姉小路は上﨟となったが、かね子は出家得度《しゅつけとくど》の身とされたらしいが、剃髪《ていはつ》したかね子が、どんな理由で還俗したかは語られなかった。

仕出しの料理は、箸がつけられないまま残された。

嫌ったのではなく、話に夢中であったためで、十人前は折詰となって持ち帰ることになった。

「このまま、ご帰城なされるのでしょうか」

香四郎が鳩が豆鉄砲を食らった顔で問うと、姉小路はかね子が旗本の請人《うけにん》ですよと、首実検が及第した旨をつぶやいた。

見送る香四郎とおかねの背後に、和蔵と政次がため息まじりで立っていた。

「おまえたちは、おかねの才媛《さいえん》ぶりに舌を巻いたのであろう」

「えっ。女用人さまが、なにか」

「ちがうのか、政次」

「御付きの奥女中さま方の美しさに、おどろきました。ねぇ、和蔵さん」

「さすが、江戸城の大奥でございますな。町なかの美人を選《よ》りに選った末、召し抱える。本日の待合《まちあい》といたしておりました仏間で、わたくし酔いました」

「いたのか女中が、大勢」

「五人ですが、とびきりでしたぜ」

「嘘……」

女ふたりの邂逅につきあうかたちとなった香四郎は、玄関で強い薫りをつくっていたのが御付き女中たちであったと知った。

「おかね、いや、かね子どの。伝奏屋敷からは、公卿も家令《かれい》も来なかったようだが、よいのであろうか。それとも別の日に」

「殿方の首実検なれば、伝奏屋敷の方々は、大奥御年寄の姉小路さまのお墨付に従いますでありましょう」

「では、旧知の上臈が参ること、おまえは知っていたのか」

「上臈姉小路さまに、庭田《にわた》さまがお成りあそばされていたとは、露《つゆ》ほども存じ上げませんでした」

大奥に上がる女は、主《あるじ》が変わるたび名を変えさせられるという。姉小路の名も、大奥での呼び名でしかなく、出身は公家の橋本というと言い添えた。

が、出家したかね子がなぜ還俗したかと聞かれそうだと察したものか、おかねはさっさと香四郎の前からいなくなってしまった。

五

蟬《せみ》が鳴いている。

夏も盛りを迎えようとしていた。が、汗ばんではこなかった。

香四郎には、考えなければならないことが山ほど生まれていたのである。

新しい役職が出府した公家の伝奏屋敷に詰めること、雇い入れた和蔵が開港を主張する組織に与《くみ》していたこと、そして香四郎自身が公家と武家のあいだに立たされたことなどである。

巡りの良くない頭でも、それらすべて異国の脅威が発端にあるらしいと気づいた。

部屋住《へやずみ》の時分、新しいことばを耳にしたことがあった。

「公武一和《いちわ》というらしいぞ」

幕府が朝廷と手を携《たずさ》えて国難に当たろうとする考えで、武家と公家の互助協力を計ることと聞かされた。

「将軍は、代々朝廷からご正室を迎えているのではないのか」

「であっても、京都は徳川幕府の言うがままだろう。名目や建前でなく、双方が相和し本気で手を取りあってだな――」

「おい。手を取りあうとは、聞き捨てならんぞ。船頭が二人となれば、公武の合体どころか、船の行く先が定まらなくなるではないか」

「そりゃそうだ」

旗本の子弟仲間では、こうして一笑に付されていた。

が、香四郎は今、公武一和の小さな試し役となってしまったことを知った。

二十二歳。これを若いというか、もう一人前とするか。考えてもはじまるまい。

が、どっちにしても、まごうことなく香四郎は情けないほど未熟なのだ。

白羽の矢は、立てられた。もう遠慮拒絶を申し出ることはできなくなっていた。

すでに親はなく、継いだばかりの旗本家が断絶しても悲しむ者はない上、後腐《あとくさ》れもない峰近家ではあった。

すべては仕組まれた上での、公武一和である。未熟な幕臣など、虫けらでしかなかろう。

出世の野望に踊り、身のほど知らずだった自分を、ようやく眺めることができていた。

幸運に恵まれた出来ごとが夢だったと知り、泣きたくなった。和蔵や政次にある信念が、なかったのである。

こんなとき酒を呑んで、憂《う》さを晴らすのだろうが、それすらできない下戸なのだ。

「浴びるほど、呑んでやる」

台所に客用の酒があったと、立ち上がった。

それを押し止《とど》めることになったのは和蔵で、手にしていた紙きれを見せた。

「投げ文《ぶみ》が、また放り込まれましてございます」

香四郎は読もうとしたものの、仲間内の符丁《ふちょう》や絵の判じ物を見るようで分からなかった。

「冒頭にあるラ王とは、なんだ」

「阿蘭陀《オランダ》国で、王とあるのは君主です。次に船が重なっているのが交易で、エとございますのは英吉利《エゲレス》でして、刀がぶっちがいになっているのは兵乱を意味します」

「どういう意味か、教えてくれ」

「長崎出島に入港できるオランダ、その君主が信書を送って参ったようで、エゲレスの交易に応じないと兵乱を見るぞと」

「――――」

公武一和どころの話ではなく、異国が侵略してくるのだという。

「わたくしどもの帆影会に廻される通知に、まやかしはありません」

「なれば兵乱を見るのか」

「交易をエゲレスにももたらせることになりますれば、戦《いく》さにはなりませんでしょう」

「今すぐ開港しなくてはならぬと――」

「殿。短絡な考えをなさるものではありません。オランダが、競争相手であるエゲレスのために、力を貸すでありましょうか」

少しは深読みをしろと、乾物問屋の元番頭は、香四郎の単純さを詰《なじ》った。

「オランダは、どういたそうとする」

「わが国に任せてくれるなら、わるいようにしない。ついてはと交換条件なるものを、出してくるのではありませんか」

異国を相手にしてきた商人《あきんど》は、ただ者ではなかった。

香四郎は出掛けると言って、仕度をはじめた。

「和蔵の手柄を横取りいたすことになるが、ご老中のもとへ推参いたす」

「手柄などとは、とんでもございません。でしたら一つだけ、おねがいが――」

「申せ」

「高島秋帆先生が、どのような処断をなされるか。また、できるなら寛大なお裁きをと」

「承知した」

村正の大小をまさにおっとり刀で、香四郎は女たちの残り香のまだ漂う屋敷をあとにした。

〈四〉正六位下《しょうろくいのげ》、峰近主馬香四郎《みねちかしゅめこうしろう》

一

香四郎は、江戸城へ向かう駕籠《かご》の中にいた。

なんとも奇っ怪な一日となった。

自身は丸裸にされた。それでも公家の娘を迎える首実検に、及第をしたらしい。

が、オランダの国王が、いずれ黒船の襲来により兵乱になると信書を送ってきたのだ。

報《しら》せをもたらせた和蔵《わぞう》の仲間による作り話とは、思えなかった。

帆影会《ほかげかい》は、長崎会所の重鎮《じゅうちん》だった高島秋帆《しゅうはん》を崇《あが》める開港をすべきと考える者たちの結社で、信の置ける間でのみ確かなことが取り交されていた。

話を伝えた和蔵が嘘をついていると思えないのは、もちろん香四郎の勘でしかない。

が、香四郎なりの思惑があった。

「旗本の峰近が国書の件を知っているとなれば、庶民にも知れわたっているのではないか」

あわてふためいた幕閣連中が、開港に向けて少しでも動いてくれたならの思惑が和蔵にあると考えられなくもなかった。

――それであってもよい。

香四郎は公家付の侍になったからでなく、祖法でもある鎖国を撤廃すべきとの思いに捉われはじめていた。

もとより朝廷は、異人を夷狄蛮人《いてきばんじん》と蔑《さげす》んで、相手にしないとの立場である攘夷を取っていた。

幕府も朝廷も、入ってくる異人はすべて排斥《はいせき》すべきとの信念に凝り固まって長かった。

水戸徳川家の先代当主で隠居謹慎とされている斉昭《なりあき》が、その攘夷思想の旗頭《はたがしら》とされていた。

朝廷から御三家の水戸まで、国を閉じたままでよしというなら、六十余州日本は一枚岩で争いごとは起こり得ないだろう。

「にもかかわらず――」

武家駕籠に揺られながら、香四郎は憮然《ぶぜん》とした表情で、つかまっていた吊り紐《つひも》を握りしめた。

ブチッ。

いやな音がして、吊り紐が切れた。

峰近家にと贈られた駕籠は、芝居茶屋が作らせた新品で、いろいろ世話になったのでと、実に見事な誰もがふり返るほど派手な拵《こしら》えになっていた。

町人から香四郎へと、大名が持つほど立派な乗物を、贈られたのである。

ただし担ぎ手は辻駕籠の連中を四人、そのときどきで入れ替わるらしいが、初めて使う今日だった。

乗り心地は、わるくない。盛夏の今、それなりに涼しく思えるし、客を第一とする芝居茶屋らしい駕籠の造りに満足して乗っていた。

が、吊り紐が切れたと、香四郎は中から担ぎ手に声を掛けた。というより、小さく叫んだ。

駕籠は地べたに下ろされ、外から引き戸が開けられた。

「殿様。なにか、ございましたか」

「吊り紐を、引いたのだが」

千切れた紫紺《しこん》の太紐を見せたとたん、担ぎ手たちが困ったとの顔をし合った。

「引いたんですか、それ」

「揺れた折につかまるものでは、なかったのか」

「まぁその、そうした紐ではございますけど、やわになってまして……」

「作りかけであったか」

「いえ。きっちり作ってます」

話が嚙み合わない。

香四郎は駕籠から下りて、屋根となっている部分に手を掛けた。

「あぁっ」

「――――」

大きな声を上げられた香四郎は、思わず手を引っ込めた。

「よかったぁ」

担いでいた四人ともが、安堵した笑いを顔に見せた。

「おまえたちに訊《き》くが、この乗物には狐《きつね》でも憑《つ》いているのか」

「狐なんか、憑いてませんです」

「なれば、なにをビクついておる。まるで、腫《は》れものに触るようではないか」

「腫れものねぇ。まちがいございません」

「申しておることが、分からん」

「殿様のこの駕籠、道具なんです」

「乗るための道具であるのは、子どもでも知っておろう」

「…………」

四人が額を寄せあって、ちらちらと香四郎を覗き込んできた。

「これに仕掛けがなされておると、そなたら聞いておるのか」

「仕掛けと言われても……」

「はっきり申せっ」

年嵩《としかさ》らしいのが頭を掻きながら、駕籠をよく見てくれと指さした。

「道具と申しましたのは芝居の大道具小道具のそれでして、確かに大名駕籠ではありますが、舞台で使う物です」

駕籠舁《かき》が指さしたところを見ると、釘《くぎ》が打ってあった。

曲がりなりにも、旗本の乗物である。釘などを打ちつけて組むような造りは許されない。

どこも枘《ほぞ》が組まれ、錆《さ》びることもないのが武家駕籠だった。

香四郎が目を皿にしつつ見てまわると、黒漆《くろうるし》はペカペカの安物で、金蒔絵《きんまきえ》と思っていた家紋は貼りつけた紙、四方を囲む一枚板は芝居の書割《かきわり》と同じ安っぽい板に思えた。

「すると、これは舞台で役者が乗る物なのか」

「へい。大名役の者が。その代わり、軽いです」

四人で担ぐような代物《しろもの》じゃないと言って、指先で持ち上げそうな勢いだった。

「にせ物か」

「本物として、ちゃんと使えます。でも、雨の日はいけません」

「雨が漏るのだな」

「いいえ、屋根がへたりまして墨が流れるでしょうが、その前に床板が抜け落ちます」

「…………」

「あっしらがこう申すのもおかしな話ですが、まともな武家駕籠を贈れるほど、まだ芝居茶屋は左団扇《ひだりうちわ》じゃござんせん」

天保の改革で、江戸三座は猿若町《さるわかちょう》へ移転させられ、一年半も芝居を打てなかった。

幕府は休演のあいだ五千両ばかりを三座に補償したが、芝居茶屋へは一文も出さなかったという。

猿若町が生まれて興行は始まったが、それまでの借銭《しゃくせん》はまだ返しつづけているのだ。

「台所が火の車の中、せめてもの心尽くしがこの駕籠でございます。ですから、そぉっと乗ってくだせぇ」

「左様か。ありがたく使わせてもらおう」

香四郎は今、国の将来を憂《うれ》いている。

乗っている駕籠は芝居の道具で、贋物《にせもの》だ。それこそ幕府外交の付焼《つけや》き刃《ば》の方策と同じだと、妙な納得をした。

二

江戸城大手門で駕籠《かご》を下りた香四郎は、慎重にと力を込めて乗っていたことで、体の節々《ふしぶし》が痛かった。

大手門の番士に、老中首座の阿部伊勢守をと告げると、門の脇にある待合《まちあい》に通された。

火急の用向きとはいえ、千石の旗本は大身《たいしん》である。扱いが軽いのではと口を曲げようとした。

——いや、軽輩の者に威張るのは、武士のいたすことではない。

気持ちを切り替える余裕は、少し身についていた。

やがてあらわれたのは大番組の与力で、九条さま諸大夫《しょだいぶ》どのには伝奏屋敷へと、案内された。

思ってもみなかったが、今朝やってきた伊勢守から、九条家に仕《つか》える身と言い渡され幕臣ではなくなっていたのである。

——幕臣ではなく、朝廷方の侍に組み込まれてしまったのだった……。

当然ながら、武家伝奏屋敷に詰める者とされた。

香四郎は導かれるまま、和田倉門《わだくらもん》の伝奏屋敷に案内され、中で待つように促《うなが》された。

公家の作法は、まだ空覚《うろおぼ》えでしかない。また知ったところで、かたちにできるはずもなかった。

畏《かしこ》まって立っていると、奥から人の気配と聞き憶えのある男の声がした。

「寅之丞《とらのじょう》、か」

「はい。香四郎さま、いえ峰近さまでありましたか、諸大夫どのは」

破顔を見せてきたのは、香四郎がいっとき御家人の跡目を継いだ折、弟のように慕ってきた若侍で、ともに武州巡検にも出向いている。今は御家人となった、吉井寅之丞だった。

「よく分からぬが、吉井はなにゆえ当屋敷に」

「十日ほど前、いきなり伝奏屋敷の青侍《あおざむらい》にと拝命されました」

青侍とは、公卿が宮中へ参内する際に露払い役をする武士で、家臣ではなく伺《し》候《こう》する者をいうと聞いていた。

伺候は主従ほどに密接ではなく、訪問させていただくていどの関係を言った。

「寅之丞も、伊勢守さまよりの下命か」

「直《じか》にではありませんでしたが、そのようです」

まだ十七歳、色白で華奢《きやしや》を見せる幕臣は、香四郎より公家の屋敷に似つかわしい気がした。

寅之丞がここに詰めることになった理由は、香四郎に白羽の矢が立ったことから、兄弟のような仲の者として選ばれたのではないか。

迷惑をこうむったのは、寅之丞のようである。

「峰近さま。われらは取立てられたのでしょうか」

「ちがう。送り込まれたらしい……」

声をひそめた。

送り込まれたのひと言で、寅之丞は分かったようだった。が、なにか言いたそうにした。

「吉井。ここに庭はないのか」

内緒ばなしをするところをと訊くと、寅之丞は香四郎を導いた。

その昔、伝奏屋敷は広かったという。二千五百坪もあり、京都からの勅使の宿泊にも使われていた。

二百年ほど前、江戸の大半を焼いた火事により、幕府評定所《ひょうじょうしょ》が敷地の北半分を占めてしまった。朝廷が、既に徳川家の下にあった証《あかし》であろう。

ところが、その朝廷に幕府は気を遣いはじめているのではないか。あるいは、要らざる詮索をしようとしているのかもしれなかった。

「話たいのは、攘夷に関わることです」

「おまえはここで、なにか聞きつけたのか」

「伝奏屋敷では、公卿《くぎょう》おふたりをはじめとして、話をしてくれる者は一人もおりません」

青侍の扱いをされる寅之丞が行くと、誰もが口を閉ざすとつぶやいた。

「用心しすぎるところが、かえって怪しいな」

「御家人にすぎない私《わたくし》ではありますが、異国ばなしは入ってくるたびに変転し、なにが実《まこと》か判断がつきかねるのです」

「左様か。わたしとて、信じられる者を見つけかねている……」

峰近家の用人格とした和蔵が所属する帆影会の話は、まだ青侍には口にできなかった。

「やはり武家伝奏の公卿から力ずくで、西国の形勢なり雲行きを聞き出すべく、われらは送り込まれたのでしょうか」

寅之丞の口から強引に聞き出すとのことばが洩れ、香四郎は思わず手を上げて制した。

声をひそめても、屋敷内で話すことではないと、無表情を繕《つくろ》った。

小禄の御家人らが、異国船の出没に戦々恐々としていることは知っていた。黒船が多く出没する沿岸に、幕府役人として配されるのだ。わずかな役料のみで、単身海辺の小屋もどきの監視所詰《づめ》となるのである。

蝦夷《えぞ》地のような寒冷地もあれば、離島や高台となる山の上まであった。遠国《おんごく》奉行の下役とちがい、食べる物さえ十分ではないと言われていた。であるなら、貧しくとも無役《むやく》のまま江戸にいるほうがどれほど有難いか。

それほどまで、なにもない地への赴任を嫌《いや》がった。

外敵の襲来などあるはずがないと、多くの幕臣たちは思い込もうとした。ましてや攘夷の地で、侵略してくる異人と闘うことになるとは、考えもしないようだ。

香四郎も闘う気はないが、それを回避するために働くべきとの思いだけは強かった。

水戸学の根幹とされる攘夷の考えは、民心をまとめる手段となろうが、六十余州を戦《いく》さ場《ば》にしかねない危うさを孕《はら》んでいた。

「そればかりか、幕府と諸藩が黒船の受入れで意見を異にしては、いつか内乱をみる……」

思わずつぶやいた香四郎のことばに、寅之丞はしっかりとうなずいた。

表口に人声がして、来客の到来が告げられた。

和田倉門の伝奏屋敷は、幕府評定所と隣あっている。

老中の阿部伊勢守正弘が評定所から歩いてやってきたが、手に太刀を持っていた。

油蟬《あぶらぜみ》がけたたましく鳴く中、阿部伊勢守はなにに怒っているのか、熱くなっているようだった。

「今日は、暑い」

汗を見せる伊勢守だが、今年は冷夏である。加えて天井の高い伝奏屋敷であれば、涼しいこと限りなかった。

「お手元にある太刀は……」

「そなたに渡さねばと思ってな」

言いながら、公家に仕える侍が葵紋の太刀を携えるわけにはゆかぬと、菊紋を散らした鞘《さや》を見せ、峰近の新刀はこれにと出してきた。

「峰近。諸大夫となって早々やって参ったようだが、支障でも生じたか」

「――――」

答えようとした香四郎は、息を止めた。

ここは公家の江戸屋敷である。和蔵が手にした投げ文《ぶみ》の話を、するわけにはいかなかった。

「伊勢守さまには、別のところで話を」

「なれば隣へ」

新しい太刀を小姓に手渡すと、伊勢守は幕府評定所へ香四郎をいざなった。

塀に隔てられた幕府最高機関は、とんでもなく厳重になっていた。

低い塀《へい》であっても、腰高の位置に猫が通れるほどの穴が五尺間隔で空けられ、覗き見る者を察知できるように造られている。

閉ざされた空間ではないことこそ、機密は守られるのだ。

もちろん警固役の番士は、あちこちに配され、初めて入る香四郎から片ときも目を離さなかった。

ほんの少し前、月例とは異なる臨時の評定があったのか、脇玄関に人の匂いがしていた。

香四郎の鼻が、取り立てて利くわけではない。匂いとは、温もりであったり、大勢が醸しだす曰《いわ》く言い難い風の流れに近いものである。

阿部伊勢守が熱くなっていたのは、評定の場で厄介ごとがあったにちがいないと思われた。

「さて、峰近。なに用である」

脇玄関の小部屋に入ると、伊勢守は真顔を見せた。

「わたしの屋敷に、投げ文がございました」

「おぬしを嫌う者が、真面目に務めをせよと」

冗談を言った老中だが、口ぶりにはいささかの軽さもなかった。

「不真面目な働きぶりにつきましては、返すことばもございませんが、投げ文は誹謗中傷ではなく、わが屋敷の家人への伝言です」

「家人とは、おかねと申す大奥にいた老女か」

「大奥に、おりましたのですか――」

「知らぬのか。というより、話しておらなかったな」

「はっ。わたしが、信用されていないのでございましょう。立ち入った昔のことなど、まったく……」

「姉小路《あねこうじ》どのに限らず、大奥に勤めした女は口が固いものである」

伊勢守は香四郎に、知る必要もないことと奥向《おくむき》について話すことを避けた。

「その老女への投げ文とは」

「いいえ。今ひとりの用人格への伝言で、過日松前家と抜け荷の商いをして挙げられた江差屋《えさしや》の番頭をいたしていた男への、投げ文です」

「逃げた江差屋の番頭を、そなたは匿《かく》まっておったのか」

「匿まったのではなく登用、いえ雇い入れました」

「役立つ者か」

「まちがいなく」

話の早いのが伊勢守だった。匿まったのではなく、使えるから引き入れたと信じてくれるのだ。

「して、投げ文とはどのような」

「ご老中筆頭格である伊勢守さまなれば、とうに知り得ておられますラ王の、信書――」

「早くも、商人《あきんど》らがオランダ国王の注告を知った……」

阿部正弘は少し前、ここ評定所でその信書について、喧々囂々《けんけんがくがく》の論争をしていたようだ。

それゆえの汗であり、熱くなっていたにちがいなかった。

長崎出島へ季節はずれの入港をしたオランダ船から、商館長カピタンの手に渡され、長崎奉行を通じて江戸にもたらされた国王信書が、中味まで洩れていたのである。

「信じ難い話でございましょうが、洋学を指向する同志らには筒抜けと申し上げます」

「………」

伊勢守は唸《うな》った。

オランダ国王が脅した「兵乱を見る」の一文は、洋学者や交易商人たちの知るところとなっていることに。

「つきましては、伝奏屋敷にてわたくしめが今後すべき役目を、ご示唆《しさ》いただきたく参上した次第です」

「命じたことをするだけなれば、峰近を推しはせぬ。おぬしなりに考えて、働け」

毅然とした目とことばを返され、香四郎は自分の幼稚さ加減を恥じた。

物ごとは、伝えればよい。その後の行動まで言われるままなら、子どもでもできるのだ。

幕臣旗本の籍を外され、公家の侍として働かなくてはならない。取替えられた新刀には、金蒔絵《きんまきえ》の十六葉の菊が鞘に散らされている。

峰近香四郎は、武家幕府から解き放たれたのである。

足枷《あしかせ》が失くなったのではなく、自立しろと親元を離された雛《ひな》でしかなかったと思い知らされたことでもあった。

三

伝奏屋敷に戻った香四郎は、寅之丞を通じて武家伝奏の公卿《くぎょう》ふたりに挨拶を申し出たが、顔見世《かおみせ》なれば朝にせよと追い返されていた。

番町の自邸まで、帰りもまた芝居用の駕籠《かご》だった。

乗ったとたん、付焼き刃《つけやきば》外交ばかりか、乗物と自分が似ていることに思いを至らせた。

遠見《とおみ》はそれなりだが、中味はまがい物でしかないのだ。

千石の知行取り旗本は、河原に転がる小石。増水した川水に浚《さら》われ、下流の河原に流れ着く。が、以前より小さくなっている。万に一つも、大きくなることはなかった。

——この乗物も、雨のひと降りでオシャカになる。

「殿さま。着きました」

「うむ。ご苦労」

香四郎はおりるときも静かに、明日もまた役に立ってくれとねがいながら駕籠を出た。

町駕籠のように酒代《さかだい》を出そうとしたが、とんでもないと首を横にふられてしまった。

「芝居茶屋から、十分すぎる手間賃をもらっているばかりか、酒代まで頂戴したと知られただけで叱られるます」

町なかの者たちのほうが、香四郎より大人だった。

世間知らず。

耳に痛いことばだった。

「明日の朝、六ツ半刻《どき》に来てくれ」

「へいっ。承知いたしやした」

「晴れるとよいな」

雨に弱い舞台駕籠を気づかう香四郎に、駕籠舁《かき》の四人は笑った。気づかなかったが、四人もまた褌《ふんどし》一丁でなく、芝居衣裳らしい物を着ていた。

舞台で使う乗物が一つ、玄関の中に残された。贋物《にせもの》でも、立派に登城の役目を果たしたのである。

素晴しいことなのかもしれぬと、香四郎は見惚《みと》れてしまった。

裏長屋の安板壁が、江戸城大手門に伍したではないか。同じ木材であることに、変わりないのだ。

「いかがなされました。女《お》なごを見つめるような眼をなさってますえ」

女がと言って話し掛けるのは、おかねである。

「老女どのか。先刻は世話になった」

「なんの。あれしきのこと、御礼には及びません」

「御城にて聞いたのだが、かね子どのは大奥に上がっていたそうな」

「昔の話でございます。京都より上臈《じょうろう》御年寄さま付きとして、下って参りました」

「毛利家へ入ったのは姫君輿入《こしい》れの折で、そののちは――」

「口が裂けてもとは申しませんが、殿様であっても話してはならぬと教わっております」

「迂闊《うかつ》であった。奥勤めの身は、口の堅いことが第一とのこと。訊《たず》ねたわたしの過《あやま》ち。済まぬ」

香四郎は頭を下げた。

おかねが笑った。今朝の湯殿のことを、思い出したのだろう。眼差《まなざ》しに珍しく茶目っ気がうかがえた。

「ご相談があり、待っておりました」

「申すがよい」

「本日の検分結果が決まったものとなりますと、秋には祝言《しゅうげん》となるでありましょう。それなりの奉公人を、当家としても揃えねばなりませんのです」

いつまでも芝居者に頼っていては、幕臣の名折れと言われているようだ。

「京のほうからも、付女中《つき》がやって参るか」

「少なくて三人、それだけは残るでしょう。殿さまのお考えにもよりますが、わたくし京と江戸を争わせてはいけないと考えております」

「争う、とは」

「行儀作法から日々の御膳まで、西と東では大層ちがうものでございます。江戸城でも争いごとの発端は、西と東の相違でした」

「しかし、当家は一千石。わたしを含めても、暮らす者は少ない」

「三人寄れば徒党が生まれると、申すではありませんか」

奥方派と江戸者派に割れ、なにかにつけて反目しあうと、かね子は片眉を上げ、どうしましょうねと微笑《ほほえ》んだ。

「女用人どのが、差配できるであろう」

「なにを仰《おお》せですやら。上意下達は外でのこと、内では身分が物ごとを決めるわけには参りませんえ」

女中頭から草履取《ぞうりと》りまで、どう差配できましょうと呆《あき》れ顔を向けてきた。

「そう申すなら、当家には大勢の都びとを迎え入れ、奥方派一色にするというのはどうだ」

「江戸でございますえ、ここは。近隣のお屋敷と、戦《いく》さになりましょう」

「戦さ。隣家と塀《へい》ごしに、塵芥《ちりあくた》を投げあうか」

「そのとおりです。女中が雪隠《せっちん》の物を、長杓子《ながびしやく》に取って——」

「止《よ》さぬか、つまらぬ冗談《じょうだん》は」

「冗談《てんご》ちがいますえ。糞《ばば》より怖《こお》うおすのは、峰近のご当主は奥女中を片っ端からと、あることないこと言いふらし……。それでよろしゅおすか」

「嘘を撒きちらすのか」

「さぁて、嘘でなく実《まこと》であるならと、用人としては気が気でのうて」

女に手を出すのが香四郎の癖と、思い込んでいるのである。

「わたしにどう致せと申すのだ、おかね。家中は二分され、隣近所と諍うとなると、峰近の家名が地に墜ちるのを、止める手だてなどないではないか」

「はい。ございませんです」

「――――」

真っ直ぐすぎる答を返してきた老女に、香四郎はあんぐりと口を開けてしまった。

「女用人なれば、建言《けんげん》をいたしとうございます」

「建言とは、なんと大時代なことばである。申してみよ」

香四郎がうなずくと、かね子は改まった坐り方をして両手を揃えた。

「お気に召さぬでございましょうが、奉公人をすべて女にいたそうかと考えましたのです」

「ん。女ばかりに」

思わず破顔を見せそうになって、香四郎は眉を吊り上げた。

「さよう。ただし、四十、五十の女に限って雇います」

「えっ。ばぁ、いや、年寄りにすると」

婆《ばあ》さんと言いそうになって言い改めたが、かね子は片眉を立てた。

「思いちがいと仰せでしょうが、殿さまにはやはり女癖がございますようで」

「癖は、ないつもりだ」

はっきり否定した。

「でありますなら、道楽と申します」

的中と言わないまでも、不味《まず》いだけの公家娘を奥方に迎えれば、お付女中に手を出してしまいそうな気が、今からしていた。

そんな素ぶりを見せることなく、香四郎は老いた女ばかりだと争うことはないのかと訊《き》き返した。

「選びようにもよりますが、孫のいる女や、ずっと独り身できた女の奉公人は、それなりに自分を持つ者が多いと思えます」

「婆さん同士が争うのも、よく見る気がいたすが」

「それは、町なかにある年寄り女でございましょう。老いてなお働くなり奉公する女は、滅多なことで生地を露《あら》わにはせぬもの。信じられます」

言われた香四郎は、老いても働く女はどこにと考え、廓《くるわ》の遣手《やりて》婆さんを思い出した。

確かに遣手婆さんとは、人の好《よ》し悪《あ》しを別にして、争いごとをする姿を見せないものだった。

俗に意地の悪い遣手とは、大嘘である。

女郎をいじめて泣かせているというが、廓見世の売り物である女に手ひとつ上げれば、主人に叱られ追い出されてしまうといわれていた。

信じられないことだが、吉原でも場末の岡場所でも、見世で働く遣手は無給なのである。

「売り物にならなくなった四十に近いおまえに、行くところがあるのか。雨露《あめつゆ》しのげる部屋を与えてやるゆえ、身を粉《こ》に働け」

見世の主人にこう言われ遣手になれた元女郎は、夜具の賃料まで払って精を出すものだった。

稼ぐ手だては、客が注文する台《だい》ノ物《もの》という仕出し料理とされていた。

運ばれた料理は遣手の部屋へ持ち込まれ、飯や惣菜、香物《こうのもの》まで一割か二割を抜き取るのである。

これが五、六膳あれば一食となり、十膳以上となれば明朝の分となるのだ。とするなら、客に台ノ物を注文してくれる花魁を、下にも置かないのが遣手だった。

働く女の手本は、大人になることに尽きるようだ。

「お分かりいただけたようでおますな」

「わたしの腹の内を、見抜いたのか」

香四郎がおどろくと、おかねは笑った。

「色里から追われそうな女《お》なごのことには、お詳しいようですえ」

「大年増を雇うのはやぶさかではないものの、草履取り、門番まで女でよいのか」

「江戸城大奥では植木職人もまた、女なごでございます」

「しかし、駕籠を担ぐ者だけは」

「御城の門までは、上臈方どなたも女の担ぐ乗物。力がなければ、四人が六人となっても」

「旗本のわたしが、女の担ぐ物に――」

「殿さまは、摂家九条さまの諸大夫《しょだいぶ》になりなすったのでございましょう。江戸に一人きりですえ」

「――――」

人目を惹いて、市中を担がれる香四郎となるのだ。が、考えるまでもなく、駕籠の中に男がいるとは誰も思うまい。

「よかろう。女用人どのに、任せる」

「では、早々に女奉公人の手あてをさせていただきます」

おかねは奥へ失《う》せた。

「明日より、当家は婆ぁ屋敷か」

曰《いわ》く言い難い心もちが、攘夷という天下の国難を忘れさせたのは、幸いというべきだった。

翌朝、香四郎が起きたときにはもう、女用人かね子は奉公人さがしに出てしまっていた。

居間に出てきた香四郎を、和蔵と政次が迎え出た。

「むくつけき男ふたりが、朝っぱらから膳の仕度をしたもので、こんな物で辛抱ねがいます」

　皿に三つ、載せられているのは俵型の茶色いものだった。

「まもなく駕籠舁どもがやって参ります。それまでにお仕度をなさいますのですが、ご老女さま不在の中、厄介な着付をあっしらが手伝うわけで、朝めしはさっさと召し上がっていただかねえとなりません」

　だから手早く食べられるものと、皿を出してきた。

　六ツ半の刻限に、和田倉門の伝奏屋敷へ挨拶となっている。

　過日の烏帽子《えぼし》と大紋《だいもん》を着て伺候《しこう》するのだが、かね子ほど巧く着せられるとは考えられないとの配慮からだった。

　香四郎は、茶色い小さな俵を見込んだ。

「なんだ」

「浅草のほうで流行《はや》りだした鮨《すし》で、お稲荷さんと申すそうで」

　昨晩、政次が出向いて買い求めたという鮨は、油揚げに包まれていた。

「箸なんか使わず、手でもってこう、放り込んでくだせぇ」

　稲荷鮨の名は、赤い鳥居の神社へ供物《くもつ》として奉納する油揚げに因《ちな》み、守り役神の狐《きつね》が好むといわれていた。

はじまりは売れっ妓《こ》芸者が、出先の座敷を梯子《はしご》する合い間に食べられるよう考えたという。が、一つ八文とは、安くない。

「狐鮨とは申さず、お稲荷さんか。いや、芸者は女狐だ。稲荷に逃げた命名は上手い……。手軽で、旨いな」

立てつづけに三つ放り込むと、香四郎は口をモグモグさせながら着替えるぞと立ち上がった。

「口に入れたまま立つなどという無作法、おかねの前ではできぬな」

鮨を呑み込んだとたん、曖《おくび》まで出した。

「江戸侍らしゅうございますな、殿」

「和蔵。老女より聞いておるであろうが、やがて当屋敷は婆さんだらけになる。おまえと政次は、別棟の離《はなれ》に寝起きするとなろう」

「別棟の離とは、どこのことでございましょう。まさか、厩《うまや》で」

「的中だ」

「藁《わら》の上で寝ろと……」

「そうまではならぬだろうが、しばし我慢いたせ。十日もせぬ内に、みな出てゆくにちがいない」

「あっしら、婆さん連中がお払い箱になるよう、仕向けます」

政次が歯を見せた。

見よう見真似で着付けが終わると、駕籠舁四人がやって来た。

四

改めて眺める伝奏屋敷は、大名家上屋敷の母屋《おもや》のようだった。

縦長の建物は、江戸に定府《じょうふ》する公卿《くぎょう》の住まいという以上に、接客対面の広間がいくつも見えた。

香四郎の到来が告げられると、雑掌《ざっしょう》の名で呼ばれる公家の奉公人が、廊下を奥へ奥へと案内すべく進んでいった。

吝嗇《けち》なのだろうが、灯《あか》りの少ない中は夏の朝でも暗く、寒々しく思えた。

伏魔殿《ふくまでん》というほどに気味わるくはないものの、ひょっと柱の陰から眉のない白塗り公卿があらわれたら、身構えてしまうだろう。

行けども行けども、廊下は尽きなかい気がした。

長いのは確かだ。それよりも、歩みがなんとものろいのだ。

――これを公家風とか京流とするなら、武家風に改めてやる。

香四郎は意気込んで、雑掌の脇をすり抜けた。

「いえ、こちらでございまする」

腐ったがんもどきを捏《こ》ねたような雑掌は、身を反転させて脇廊下に入ってしまった。

まだ廊下はつづく。邸内を一周させるつもりかと、香四郎は腹を立てた。

「対面所は、こちらになっております る」

ようやく到着した座敷は、美人の屁《へ》を思わせる香《こう》の薫りに満ちていた。

美人も屁を放《ひ》る。しかし、臭《くさ》いことに変わりはない。それでも我慢できるものを譬《たと》えた。

粗茶一碗ないまま、四半刻《しはんとき》も待たされた。広い座敷は二十畳あり、四方を曲のない襖《ふすま》が囲んでいるばかりである。

退屈なのだが、胡散《うさん》くささが先立った。

鬼や魔物が出るとは思えないが、滑稽な化けものの登場はあり得るだろう。香四郎は息を詰めたまま、待ち構えていた。

そのとき、音もなく脇の襖が少し開かれた。

広間にわずかな風が立って、香四郎は上半身を折って公卿を迎えるかたちを取った。

「峰近とやら、大儀じゃ」

が、声が立ったのは正面で、開きつつある襖とは異なったところだった。先に開いた襖は陽動策のようである。

「………………」

ひと筋縄では行かなそうな公卿が、香四郎の眼前にあらわれていた。

「面《おもて》を上げるがよい」

とり立てて奇態な声ではなかったことに、香四郎は落ち着いて顔を上げられた。迂闊《うかつ》にも、分からなかった。目の前の襖が知らない内に御簾《みす》となっていたのである。

手妻《てづま》ほどには巧みではないものの、武家の直情とは正反対の曲折ぶりが、都の公家流のようだった。

御簾は一方からのみ見える仕掛けで、当然のことながら香四郎は相手が見られない。

「この峰近、対面の儀を心待ちにいたしておりました。以後、なにとぞお引き立てのほど――」

「堅苦しゅうならず、平らに参ろう」

スルスルと御簾が上がると、一段高い上段ノ間に直衣《のうし》装束に身を包んだ五十男がすわっているのが目にできた。

「峰近香四郎にございます」

「うむ。武家伝奏、徳大寺《とくだいじ》実堅《さねかた》なるぞ」

天保となって以来、京都の朝廷と江戸幕府のつなぎ役である武家伝奏は、この徳大寺と日野《ひの》資愛《すけなる》の二人が定府していた。

前もって調べたところ、徳大寺は正二位《しょうにい》、日野は従一位《じゅいちい》。ともに堂上人《どうじょうびと》と呼ばれ、天皇を間近に見られる雲の上の公卿だった。

が、徳大寺は五十半ば、日野は六十半ばで、ともに老齢なのである。

功なり名を遂げた者が就く武家伝奏か、腹の据わった老獪《ろうかい》な知者を送り込んだ末なのか。これから確かめてゆく必要があるようだ。

実堅を見る限り、ふくよかな顔に細い目と大きな耳をもつが、白塗りではなかった。

「そのように、まじまじと見つめられては、こそばゆいであろ」

「ご無礼、お赦《ゆる》しねがいます」

「男くさい侍ぞ。九条さま好みかもしれぬのう。聞いておろうが、そちは摂家九条さまお抱えの諸大夫となる。武家旗本であった峰近には、決まりごとなり式例など戸惑うであろうが、じきに慣れるじゃろ」

「本日より、ご指導ご鞭撻《べんたつ》のほど、ねがい奉《たてまつ》ります……」

「ほほほ。思うたより行儀よき侍じゃ。さぞや九条さまも、頼もしゅう思《おぼ》し召《め》されるじゃろ」

語尾にじゃと付くのが、しばらく馴染めないだろうと、頭だけ下げた。

「さて、峰近。そちに贈りものを賜《たまわ》っておる。受取るがよい」

「ありがたき幸せ、御礼申し上げます」

「九条家諸大夫、峰近香四郎を正六位下《しょうろくいのげ》、官名を主馬《しゅめ》といたす」

「……………」

青天《せいてん》の霹靂《へきれき》だった。

役料のようなものが下されたのではなく、まぎれもない朝廷が授けた官位で、正六位である。

譜代の小大名でも従五位下《じゅごいのげ》、香四郎の正六位下とのあいだには正六位上の一つだけなのだ。

ちなみに筆頭老中の阿部伊勢守は、従四位下《じゅしいのげ》。南町奉行の遠山左衛門尉《さえもんのじょう》は、従五位下となっている。

「なんじゃの、峰近。不満があってか」

「いいえ。一つうかがいます。主馬と仰《おお》せでしたが、わたしごときに官名を」

「公家、それも摂家たる九条さまの家司《いえのつかさ》諸大夫は、徳川御三家の附家老に比するなる。遠慮のう名乗るがよい。峰近主馬とな」

家司とは家令《かれい》とも呼ばれ、家来の語源とされていた。

名実ともに、香四郎は公家に組み込まれたのである。これが吉と出るか凶となるか、どちらとも判断がつきかねた。

香四郎はすわり直すと、深々と頭を下げて言い放った。

「峰近主馬、身命を賭《と》し仕《つか》える所存にございます」

「よう言うた。頼むぞよ、主馬」

公家による首実検は、これで済んだ。

今ひとりの日野資愛卿は療養中であると、お目もじは叶わなかった。

二日後の吉日より出仕《しゆつし》せよと言い渡されて、香四郎は伝奏屋敷をあとにした。芝居用の駕籠《かご》の中で、考えた。

――海千山千と言われる公卿が、幕府の言うがまま唯々《いい》諾々《だくだく》と、若い旗本を迎えるはずがなかろう。

そこへ官位に官名まで授けてきたのは、褒め殺しの類《たぐい》か。考えだすと、疑心暗鬼が募《つの》るばかりだった。

「えぇい、情けない。しっかりせねば」

力を入れた。とたんに乗物の底が、地べたの上に落ちた。

「あちゃぁ……。殿さまなんてことを」

大人しく動かないでくれと、言っておいたではないかと、駕籠舁《かき》たちが困った顔をしている。

「歩くしかあるまい」

「いけませんです。烏帽子に大紋じゃ、正月の三河万歳となりますさぁね」

「番町のお屋敷まで遠いものでもなし、いかがでしょうか、ぶら下がっていただくてぇのは」

「乗物の中で、わたしは足を上げ、つかまっておれと」

「へい。そのお姿では、歩けませんでしょう」

「なれば、この装束を脱ぐゆえ、おまえの半纏《はんてん》を貸せっ」

「どうなさります」

「おれも駕籠舁の一人として、褌《ふんどし》になる」

「えぇっ」

話は早かった。香四郎は大紋を脱ぐと褌ひとつになり、半纏を羽織ると、手拭で頬冠《ほおかむ》りとなった。

香四郎は草履《ぞうり》に裸足の姿で、駕籠舁の仲間として歩いた。

峰近の屋敷に着くと、大柄な四十女が門前で通せんぼしてきたことに、おどろかされた。

「旗本峰近家なるぞ」

「…………」

早くも女奉公人が雇われていたのだ。老女おかねの腕前の凄さに怖くなってきた。

「おかね、いや老女かね子を呼んでくれ。わたしは、当家の主《あるじ》だ」

「褌野郎が、殿さまであるはずない」

言い切られた。

門前のちょっとした騒動を見て、今ひとりの中年女が顔を見せた。

小柄だが、おかねが選んできた女らしく、見るからに緩《ゆる》くなかった。手にする六尺棒が、長刀《なぎなた》のかたちをしているのだ。

「いけませんや。こちらが、ご当主さまです」

政次が飛んできて、香四郎は認められた。

「もう揃っておるのか、政」

「七人も、雇いました」

どうやっても追い出せないと、政次の顔はガッカリしていた。おかねは中で、新しい婆《ばあ》さんたちへ指図しているようだった。

香四郎が玄関に入ると、ゾロゾロと婆さんどもがあらわれた。

一人ずつ名乗るが、どれも同じに見えてくる。が、どの顔も緩んだところがなく、武家奉公をしていたであろうことが知れた。

「かね子どの。七人とも、どこかにあつめられていたのか」

「仰せの理由は、いかようなことでございますか」

「まぁ、掃《は》き溜《だめ》と申すのか、女の捨て場のようなところがあって――」

キュッ。

横に立ったおかねは、香四郎の剝《む》き出《だ》しとなっている腿《もも》を、つねり上げた。

「く、くぅ……」

痛いのを通り越して、叫び声さえも出せなかった。

五

中年あるいは初老の女たちが作った昼の御膳は、香四郎たち男をニンマリさせた。

「仕出しの料理も豪勢だったけど、今日のはまた旨《うめ》ぇ」

政次は煮しめのがんもどきを箸でつまみ上げ、かたちが崩れていないのに軟らかいと感心した。

「武家とは、煮崩れてしまうのを嫌います」

おかねは、集めた七人は武家で立派に勤めていた女中たちだと、それとなく言った。

香四郎は伝奏屋敷にいた雑掌《ざつしょう》が、煮崩れたがんもどきに見えたことを思い出した。

「公家屋敷は思いの外《ほか》、かたちという体裁を気にせぬところなのか」

「内裏《だいり》がそうならはったんは、生き残らんがためでしょう。室町に幕府が置かれておった末頃、それはもう戦《いく》さつづきでおましたそうやから……」

体裁など構っていては、朝廷も宮家も失《な》くなってしまう危機に瀕していたという。

その恐れは、徳川の江戸幕府となっても変わらないのだ。とするなら、雑掌など下品でも図太いほうがいいのだろう。

政次も香四郎も、和蔵までが飯のお代わりをした。

「一大事を申し上げます」

昼とはいえ膳の最中に女奉公人が声を上げて駈け込んでくるのは、余程のときに限られた。

おふじという女中頭《がしら》が両手をつき、敷居ごしに畏《かしこ》まった。

「申せ。なにごとか」

「用人さまのお申しつけで、お屋敷の片づけをはじめておりましたところ、あってはならぬ物が、出て参りました」

太めの五十女は顔いろを変え、息をはずませている。

立ち上がった政次は、苦笑の顔つきをした。出てきた物が、枕絵春画かと思ったからだろう。

が、袖を引いて真顔を見せたのは、和蔵だった。

「おまえさんが考えるほど、お女中さん方は純真無垢じゃありませんよ」

香四郎も同じように思った。それなりの武家に長いこと奉公していた者なら、そうした他愛ないことに狼狽《ろうばい》はしないだろう。

「あってはならぬ物とは、なんだ」

「一つには、これでございます……」

後ろに隠し持っているのだが、みなの前に出していいのかと躊躇《ためら》っていた。

「構わぬ。峰近家中は、身分の隔てなく同心とするつもりだ。おふじ、遠慮なく見せよ」

女中頭ばかりか、おかねも和蔵や政次までが、香四郎の「家中同心」のひと言に、晴れやかな顔となった。

おふじは直《じか》に触れられないと、袖に包んで膝の上に出して見せた。

「おっ」

声を上げたのは和蔵で、香四郎を見込んできた。

なんだか分からない物が、出された。

和蔵は知るらしく、おふじの前に進み出ると、それを手に取った。

「当家にあった理由は分かりませんが、短筒《たんづつ》と申す武具、飛び道具です」

「――――」

口をあんぐりと開け、怖ろしいことだと、一同は香四郎に目を向けた。

「南蛮渡来の短筒が、どこに」

「お仏間の床下で、畳上げをしておりましたら、取っ手のようなものがございましたのです」

「床下に、穴蔵」

「はい。四段ばかりの梯子がございまして、ほかにも」

「幾つもあったか」

「そうではなく、短筒はこれ一つきり。大きな甕《かめ》が五つもございまして、きっちり蓋《ふた》がされておりました」

「仏間へ参る」

一同揃って奥の仏間へ行くと、六人の女中が上げた畳の前で神妙な顔で立っていた。

「物騒な武具かもしれませんので、わたくしが」

床下へ降りたのは和蔵で、江差屋で抜け荷を商っていた番頭は、見馴れないものに詳しいようだった。

香四郎は床下に禁制品と思われるものが隠されていたことも、穴蔵の存在も、聞かされていなかった。

関ヶ原からの、譜代旗本家である。

——大昔のものか。それとも父は、謀叛《むほん》を企《くわだ》てていたのか……。

考え込んだ香四郎の頭をよぎったのは、父の代に知行を半減させられた話である。

理由どころか、五百石になってしまったことすら知らなかった香四郎に、謀叛のことばはあまりに重すぎた。

「殿。信じられませんが、五つの甕どれも、火薬《ひぐすり》です」

和蔵のことばに、青くなった。

出てきた和蔵を押しのけ、政次が床下へ降りた。

考えるまでもなく、御城の火消である臥煙《がえん》は、爆裂する火薬になにより気を使えた。

「まちげえありません。火薬が詰まってまさぁ」

「大丈夫なのか、そのままで」

「火事が出ちまうと、分かりません」

「先月だが、小火《ぼや》を見た」

「よくまぁ無事だったもんだ」

政次は和蔵を見込み、胸に手をこすっている。

おかねが女たちに向かって、口外無用の目をした。

統制がしっかり取れているらしいのが、嬉しかった。

それればかりか、和蔵も政次も「どうしましょう」の顔もせず、このまま元どおりにするしかないと目で言っていた。

幕府に知られただけで、たとえ盗人《ぬすつと》が床下に隠した物だったとしても、香四郎は切腹となろう。

死が怖いのでも、峰近家の断絶を危ぶんでいるのでもなく、幕府が大混乱を見て「兵乱」の切っ掛けになるにちがいないと想像できたからである。

「あのぅ、短筒と一緒に書付《かきつけ》が」

おふじは帯に挟んでいた紙を取り出し、香四郎に渡した。

封が厳重にされた書付は、小さく畳まれてあるだけでなく、文字も小さかった。亡き長兄、先代の峰近慎一郎《しんいちろう》の落款《らっかん》があり、香四郎の知る兄の筆あとにまちがいない。

が、読み進む気が起きないのは、一日に二度もの青天《せいてん》の霹靂《へきれき》を見た香四郎が、三度目の霹靂が病弱だった長兄の弱音を知ることになるからである。

なにごとにつけ従順な慎一郎は、上役《うわやく》か悪党の申し出を断われなかったのではないか。押しつけられた禁制品を、処分することも誰かに伝えることもできなかったのだ。

代わりに言いわけめいた書付を残し、後につづく香四郎に取り計らいを託したとしか考えられなかった。

読めないでいる香四郎に、和蔵が声を掛けてきた。

「わたくしが読んでよいものなら、お見せいただけますか」

「頼む。おまえなら、事の次第に通じるところがあろう」

抜け荷に関わった乾物問屋の番頭だった男は、書付を開いた。ところが、首をふった。

「いけません。老いた者の目に、こんな小さな文字はとても……」

和蔵は女用人でも読めないはずと、書付を返してきた。

「ならば、あっしでよけりゃ」

政次が代わりをと言った。

「家中は同心とした峰近である。隠すつもりはない」

香四郎は先代当主の恥を、分けあうようなつもりになった。

「えぇ、辞世に代えてと、いきなりございます」

「政。終わりのほうに、日付があろう」

「ございます。天保丁酉《ていかのとり》正月とありますから、八年前です」

「先代の兄が身罷《みまか》ったのは、この春三月。八年も前はまだ、衰弱しておらなかった」

言ったものの、大量の火薬を抱え込んだ兄にしてみれば、死を賜《たまわ》るものと覚悟したことで弱ったのだろうと思えてきた。

「余計なことを申しますが、行く末を果敢《はか》なんで書いたものじゃございませんぜ」

臥煙は死を前にした侍の気丈さと気弱さは、文字の乱れを見れば分かると、得意気な顔をした。

「おまえは、どっちに取った」

「まちがいなく、覚悟を腹に据えての筆づかいです」

「気丈か」

「へい。他人《ひと》の罪まで背負うほど、堂々とした文字でございまさぁ」

世辞でないのは、書付に見惚《みと》れる政次の涙目で分かった。

やくざな臥煙、それも商家の伜《せがれ》に生まれ落ちた政次には、俠気《おとこぎ》を大切にするようだ。

「読んでくれ、政次」

「へい……。是《これ》を読みし者に申し渡す。水甕五杯に余るは、火薬なり。取扱いに万全を期し、火の用心を第一とせよ。器は水甕なるが、水気無用のこと言うまでも無し」

書付には取扱いの注意が長々とつづいたが、やがて政次はひと息おいて、人名を出した。

「大坂東町奉行所与力、大塩平八郎隠匿《いんとく》の火薬にして、ひと騒動起こさんと買い集めしものなれど、無辜《むこ》の町人に累《るい》及ぶこと心苦しきと、わが盟友持ち出し、当家に預け置く也」

香四郎も、おかねも和蔵も、顔を見合わせたきり、なにも言えなくなった。

天保の改革の素因となる大飢饉が、諸国を襲っていた。天下の台所大坂では、足りなくなった米を江戸へ廻されることで、大勢の町人が飢えた。

この大坂市中の民を困らせた廻米《かいまい》に猛反対をしたのが、町与力の大塩平八郎で、奉行所にまで大砲《おおづつ》を撃ち込んで、市中を火の海にした。

天下の一大事だったが、多勢に無勢で大塩の挙兵は鎮圧された。

その天下の大逆人が買い集めたのが、五つもの甕に納められた火薬だというのだ。

大坂から運んだのは船で、おそらく廻米と一緒だったろうが、なぜ峰近家にもたらされたかが謎だった。

「和蔵。大塩の乱は、この書付の前か」

「この年の二月、騒動の直前でございます」

「兄上と盟友とされる者は、より大きくなるはずの乱を小さくしたことになるか。幕府に褒められてよいのに、あえてひた隠しにした理由が分からない。まさか、大坂と呼応して江戸でもと考えていたのであろうか……」

「先に読み進みます。早晩あきほへ供与すべきものなれど、由々《ゆゆ》しき事態あり候、当家に暫《しばら》く置くゆえん也。いずれ、あきほへ」

あきほと聞いて、政次から書付を取り上げたのは、和蔵だった。

「秋帆《しゅうはん》先生――」

大坂から運び込まれた火薬は、和蔵が信奉してやまない砲術家の高島秋帆に渡されるはずだったのだ。

和蔵は感極まり、香四郎は亡兄が謀叛を企てようとした旗本だったのかと、弱々しいばかりに見えた顔を思い返した。

〈五〉火薬《ひぐすり》、短筒《たんづつ》、横恋慕

一

分からない。という以上の想像もできなかった代物《しろもの》が、大量に床下を占めていたことに、香四郎《こうしろう》を戦慄《おのの》かせた。

高島秋帆《しゅうはん》の弟子を任じる和蔵《わぞう》は、これほどの火薬であれば、近在となる番町《ばんちょう》麴町《こうじまち》一帯の武家屋敷や町家を吹き飛ばし、江戸市中に大火事を起こせると眉を逆立てて唸《うな》った。

「兄上が、左様な謀叛《むほん》を企《くわだ》てようとしたとは思えぬ」

香四郎は和蔵に、峰近《みねちか》家の潔白を言い立てた。

「そう仰言《おっしゃ》ますけど、どう足搔《あが》いてみたところで、物騒にすぎるものを大量に、それも承知して隠しておられたのですから。殿が知らなかったことと申し立てたところで、幕臣旗本一千石の惣領《そうりょう》なれば、無念でございましょうが切腹のご覚悟を――」

「やはり駄目か」

「腹を召すの、お家断絶のと、心配なさるくらいなら、仏間の床下をどうすべきか考えるべきでしょう」

「どうすると、よい」

「どうするもこうするも、火の気は厳禁でございます」

仏壇に燈明《とうみょう》を上げるなど、もってのほか。襖《ふすま》を板にし、人の出入りをさせず、床下には野良猫の一匹も出入りできないよう柵《さく》を設ける必要があると、用人格となった和蔵は主君の香四郎に命じた。

「ご先祖を、ないがしろにせよと申すか」

「何を今さら。それとも峰近家累代の方々は、燈明を上げていただき、お家断絶になることとなんぞ怖くはないと仰《おお》せなさいますかね」

「そ、そうだな……。早速、経師屋《きょうじや》と大工を呼ばねばなるまい」

「馬鹿な。職人などに仕事をさせては、床下を見てくれと言うようなものではありませんか」

家中の者だけでやるしかないのですと、和蔵は、おかねと政次《まさじ》と七人の女中をあつめに出ていった。

江戸の侍は、阿呆《あほ》やな。

まるでおれのために生まれたことばではないかと、香四郎は芝居茶屋で耳にした辛辣《しんらつ》なひと言を思い返した。

香四郎も火薬のことは、知識として聞き知ってはいた。

それだけで炸裂はしないが、なにかが擦《す》れてしまうことで、火を点《つ》けたのと同じ高熱をもってしまうと火事を見る。

逆に水には弱く、雨を嫌うのが火薬だった。

お家大事と考えれば、甕《かめ》に水を沁み込ませて少しずつ捨ててゆくことで、この厄介きわまりない物は跡かたもなく失《う》せるだろう。

とはいうものの、亡兄は深い思慮をもって、預ったのだ。阿呆な江戸侍でしかない弟は、懊悩《おうのう》の行ったり来たりをくり返した。

悩んではいられないと思い立ったとき、老女おかねを先頭に、家中一同があつまってきた。

廃棄するのはどうかと、香四郎は言ってみるつもりだった。

思いもしなかったが、和蔵はいきなり両手をつくと、一同を前にして頭を下げた。

「わたくしは、なにがあっても床下の火薬を、高島秋帆先生のもとへ送り届けることに腹を決めました……。みなさんには、わたくしめの身勝手を見逃していただき、是が非でも長崎での仇《かたき》を、ここ江戸で討ちたいと思っております」

長崎会所の重鎮にして砲術家でもあった秋帆は、長崎で捕えられ、江戸に護送されていた。

仇討ちということばが、元商人の和蔵の口から出たことで、居あわせた一同はいたく憐《あわ》れみはじめた。

武士でもない五十半ばになる男が、一切の責任は自分ひとりが取ると言い添えて土下座したのである。

「…………」

香四郎が口に出そうとした廃棄のことばなど、呑み込まざるを得なかった。

決まれば、早い。早速、大工仕事に掛かる手はずとなった。貧乏旗本だったとはいえ、屋敷内《うち》には板戸もあれば、角材なども仕舞われていた。

同時に火の用心として、家人はもちろん客にも煙草を喫《の》ませないこと、火鉢は仏間の周囲に置かず、真冬の暖《だん》は台所で取ることなどが決められた。

「なぁに年内には、秋帆先生はお解き放ちとなられますでしょうから、しばし辛抱をねがいます」

仕事に掛かる者たちへ、和蔵は解放を信じているとのことばを放った。

「帆《ほ》影会《かげかい》と申す秘密の結社は、大したものだな、和蔵」

「お信じにはなられませんでしょうが、秋帆先生を崇《あが》める会員は、隠れ切支丹《キリシタン》と同じです」

「——。火刑《ひあぶり》となっても、おのれを曲げぬと申すか」

香四郎はこの春に出向いた武州幸手《さって》の、マリヤ地蔵を思い出した。信者とおぼしき五人は、女旅芸人だった。

天下泰平二百年であるにもかかわらず、命がけで一つことに自分を捧げられる者がいる。

のほほんと生きてきた旗本の四男坊は、まちがいなく阿呆なのだと、父親ほど年長の和蔵に負けていることを痛いほど思い知った。

「先祖のご位牌《いはい》を台所にと思うとりますが、お殿はんご自身で、なさりますかえ」

おかねが言いようもない笑いを抑えながら、香四郎へ承諾を求めてきたことに眉を寄せてしまった。

案というのは仏壇を移すのではなく、位牌を裸のまま台所の神棚に上げるというのである。

神仏習合になるのだろうが、香四郎自身が幕臣でありながら公家侍となったのであれば、あてつけがましいにもほどがあるではないか。

「好きにしてくれ」

「そうでっしゃろな。自らの手では、やりづろうおまっしゃろ」

当主のいないところでやりますと、女用人は散歩でもして来いと香四郎を追い出した。

玄関で下駄を履いていると、和蔵がやってきた。その手に持っている物が、香四郎には分からなかった。

「殿。これからは、これに馴れないといけませんです」

和蔵は手拭に包んだ物を、香四郎の懐《ふところ》に差入れてきた。

「――――」

火薬のあった床下に、置かれていた短筒である。

「使い方お分かりではございませんでしょうが、なにはさておき、抱き馴れていただきます」

「いくらなんでも物騒にすぎぬか、和蔵。見咎《みとが》められただけで、ただでは済むまい」

「なにを仰せです。五摂《ごせっ》家の雄《ゆう》九条家お抱えの官位をお持ちの、公家侍ではありませんか。脇差に、菊の御紋が……」

徳川家で妖刀《ようとう》とされる銘刀村正《むらまさ》が、阿部伊勢守によって、十六葉《じゅうろくよう》の菊が刻印された細めの大小に取替えられてるのを、和蔵は知ったようだ。

短筒は、幕府の役人が手を出せないだけでなく、朝廷を守るための護身用なら許されると言い切った。

脇差を見せるだけで、天下御免になりますと和蔵は笑った。

「かような代物が、手形にもなると」

「はい。町人は菊を見ても気づきもしません。しかし、役人は心得ております。まことに便利かと」

「左様か……。して、短筒の使い方は」

「今夜にでもお教えいたしますが、まずは形と重さを身につけていただきましょう」
香四郎を送り出した和蔵が、弾丸《たま》はいくらでも調達して参りますと言い添えたことに、帆影会の力量を知らされた気がした。

屋敷には、江戸じゅうを火の海にしかねない物騒きわまりない火薬がある。悠然と散歩のできる香四郎であるわけもなく、目に入るものすべてがぼんやりとしか映ってこなかった。

懐に納まる短筒が、なんとも邪魔になってきた。

話には聞いていたが、今日の今日まで見たこともなかった武具である。

鉄砲を小さくしたものなのだろうが、とても威力があるとは思えず、飛び道具にしてはあまりに貧弱すぎた。

長さは匕首《あいくち》ほどで、握る部分だけやけに大きい。ましてや弾丸も小さいのであれば、こんな物で人を倒せるのだろうか。

とはいえ、短筒もまたご禁制品である。

香四郎は奇妙な気持ちに包まれた。

しかし、短筒と菊紋の脇差。どちらも町奉行はおろか、大名であっても持つことはできない代物なのだ。

――わたしが偉くなったわけではないし、それに値する人物でもない……。

阿呆な江戸侍、それ以上の香四郎ではなかった。

一軒の武家屋敷の門前で、人の視線を強く感じて立ち止まった。

「ん、ここは……」

勘定方の旗本で、林原家の門前である。香四郎を見つめていたのは、いつぞやの小太りの門番だった。

「ご無礼ながら、峰近さまでございますか」

「いかにも、当家の主《あるじ》どのとは同輩の峰近だが、今は御役《おやく》をいただいておる。なにか、用向きか」

「少しばかり、当家にお寄りいただくわけには参りませんでしょうか。いいえ、お手間は取らせませんです」

「仔細がありそうだが、わたしを待っておったのか」

「いいえ、思い掛けない偶然で。それも、わたくしめの勝手な思い付きでございます。大奥様が、峰近さまに……」

はっきり言わないのは、武家に奉公する者には珍しく、香四郎はなにかありそうなと、門の中へ入った。

　峰近家より少し広いていどの邸《やしき》だが、母屋《おもや》は立派で、林原家はそれなりの格と役を得ていたと思えた。

　門番は脇玄関から母屋へ走り込み、家人を呼んでいるらしかった。

　当主の栄輔《えいすけ》に困りごとが生じたのかと考えたが、心配ごとは今の峰近家のほうが大きい。身の上相談なら、笑ってすごせと言い返す気でいた。

　あらわれたのは栄輔の母親で、五十手前の細面《ほそおもて》に髪の大半が白い、生真面目そのものを見せる武家女だった。

「誠に失礼を省《かえり》みず、不意のお呼び立て、このとおり謝りまする」

「なんの。林原どのに、なにか」

　気負い込んだ香四郎を制し、母親は玄関脇の待合《まちあい》に招じ入れた。

　待合に使われる小部屋も、糸屑ひとつないまで掃き清められていた。いっとき五百石に半減させられた峰近家とちがい、千五百石の大身旗本の林原家は整然としている。

　床ノ間に匂い立つ香爐《こうろ》は一分の狂いもなく置かれ、花活《はないけ》もまた白い山百合《やまゆり》が一輪これまた隙《すき》なく挿《さ》してあった。

香四郎の前にすわる母親までもが、畳の目を数えたかと思うほど正確なところに座していた。

が、いきなり話を切り出された。

「話と申しますのは、峰近さまが南町の別格与力として、猿若《さるわか》の悪所《あくしょ》をお調べになっておられたと、聞き知りましたゆえ……」

どうやら林原栄輔は、役向きの少しばかりを、母親に話していたようである。

香四郎と栄輔が一緒になって大名家に押し入ったことまでは知らなくても、同輩であると知っているようだ。

肝心な話は口に出しづらいのか、香四郎の男らしさ、気っ風のよさは耳にしていると、世辞を弄《ろう》しはじめたので、香四郎は話の腰を折った。

「わたしに、なにをしてほしいと仰せですか」

「――。お急ぎでしょうか」

「いいや。ご母堂は、栄輔どののなにが気懸《きが》かりです」

焦《じ》れた様子の香四郎を見て意を決したものか、母親は重い口を開いた。

「母ひとり子ひとりの当家ですが、このたび栄輔は長崎へ赴《おもむ》く御役をいただいたのです」

「つい先ごろ、勘定吟味役《かんじょうぎんみやく》それも上首《じょうしゅ》になったと聞いたばかりですが、いよいよ長崎奉行に――」

「いいえ。その配下の、長崎支配組頭《くみがしら》でございます」

「そうでしたか……」

長崎奉行に抜擢《ばってき》との話なら、妬《や》っかんだ香四郎はさっさと席を立って出てしまったろう。すわり直した。

「お恥ずかしい話なれど、栄輔は更迭《こうてつ》されたにちがいございません。折角の吟味役上首から、遠国《おんごく》である肥前長崎に、島流し同然……」

親として悔しいのは分かるが、愚痴を言いたいだけなのかと、香四郎は少しばかり呆《あき》れた。

「単身で任地へ赴くのは別れがたいでありましょうが、そう長いことではないと思います」

慰めるつもりなど、少しも起きなかった。愚かな女親もまた、阿呆なのだ。口には出さないものの、他家の不幸は聞く香四郎には甘かった。

栄輔には、離れたほうがいい親だと教えたくなってきた。そこへ女親は口を開いた。

「峰近さまは、猿若町の芝居町をご存じですか」

「えっ、まぁ知ってはおります」

香四郎が茶屋を強請《ゆす》った座頭貸《ざとうがし》を脅したことを、林原は、寺社方への越権行為だと具申し、それが因《もと》で左遷かと考えた。

「遠島となった栄輔は、芝居茶屋の女が騙したものか、当家へ輿入《こしい》れようなんぞと大胆不敵な企てをし、倅《せがれ》の縁組みを反古《ほご》にしたのです」

「芝居茶屋の女、ですか……」

悔しいと手を握りしめた母親は、上役《うわやく》である勘定奉行が持ち掛けてくれた縁談を、断わったことが左遷の理由だと嘆いた。

女に溺れた生真面目旗本、これもまた蜜より甘い気にしてくれるようだった。

どこにもありそうな話は、香四郎をほくそ笑ませた。

幕臣の鑑《かがみ》を見せつける林原が、茶屋女の罠に落ち、九州に飛ばされる。

――ここは一つ、阿呆な女親を助けるふりをして、茶屋女を煽《あお》ってやろう。

意地のわるい考えは、床下の火薬で落ち込んでいた香四郎に、英気をもたらせてきた。

「いけませんなぁ。悪所の女が、林原どのを手玉に取ろうなどとんでもない。猿若町の芝居茶屋なれば、よく存じおるところがいくつかございます。茶屋の組合を通せば、女などお払い箱にいたしましょう。で、茶屋と女の名は」

「ゑびす屋の、おりくとか」

「――――」

叫びそうになった香四郎である。嘘だ。

おりくが千五百石の旗本を騙し、奥方に納まろうとしているなんてこと、あるわけがない。

「峰近さまもふるえるほどの、お腹立ちでございますか」

「これは、いけません。あってはならぬことです。すぐに猿若町へ参り、なんとしても回避せねば」

立ち上がった香四郎は、下駄を突っかけるのももどかしく、林原家をあとにした。

二

純朴な若い旗本と、茶屋女将《おかみ》。あり得ない偶然ではなかった。

艶《なま》めかしいおりくに、情人《いろ》がいて不思議ではない。男あってこその、女の色香なのである。

出世だけでなく、女に手を出すことにも遅れを取った香四郎だった。

――いやいや、まだ出来てはいない仲にちがいあるまい。

浅草猿若町を目指す香四郎は、嘘だ、まだだと思いつづけながら急いだ。

――そうか。ゑびす屋の女中が、相手なのだ。おりくの名は、林原の母御が人伝《ひとづて》に聞かされた女将の名であろう。

香四郎の足が止まったのは、林原がひとり長崎へ赴《おもむ》くと決まったことを、思い出したからだった。

――妻女を伴っての赴任など、まずあり得ない。

ましてや江戸者の茶屋の女将が、九州くんだりまで行き、暮らせるはずはないのだ。

――とするなら、おりくはわたしの囲い者となる……。

妄想は際限なく拡がって、香四郎の足は道をまちがえ、また戻りしながら夕暮れとなって、ようやく猿若町に辿り着いた。

黄昏《たそがれ》どきの芝居町の混雑は、並外れた人出によって生じていた。

たった今、芝居がはねて客がゾロゾロと帰ってゆくところで、茶屋は常連客にあふれ、下駄履きの香四郎は足を踏まれないだけまだ良かった。

茶屋からの使い捨て福草履《ふくぞうり》を、客は惜し気もなく踏み踏まれしながら、半日かけて観た芝居に酔っている。

——確かに、悪所《あくしょ》だ……。

腹を立てた。客は酒でなく酔っている。とすれば、平常心ではない。そこに突け込んだ女が、男を溺れさせる芝居町。

銭《かね》を払わせて男を騙す廓《くるわ》も悪所だが、物語の雰囲気に酔わせる芝居のほうが、人肌に触れないだけ気構えがよろしくなかろう。

——まちがいあるまい。林原を籠絡《ろうらく》したのは、女将のおりくではなく、雇われの茶屋女だ。

女将おりくは、相手が誰であっても誠意を尽くし、一途なまでに男の前途を思い遣るにちがいなかった。

「ご出世を前の殿御《とのご》を惑わせては、いけません」

そう言うであろう女だから、香四郎は惚れたのである。

茶屋ゑびす屋の表口が、華やいでいた。案の定、おりくが馴染み客を迎えていた。

おりくの温か味が辺りを包み、笑顔を向けられた客は、男も女も相好《そうごう》を崩している。

役者より、女将を目あてに来ても、おかしくはなかった。

香四郎はなに気なさを装って、おりくの前に立ち止まってみた。接客に気を取られ、ふり向いてくれないことにがっかりした。

三十路に入ったというが、どう見ても二十五より下に見える。客商売にありがちな汚ならしい色がなく、未通女《おとめ》を思わせる清純さは、香四郎をくすぐったくさせた。

下駄履きの素足がほっこりと温かくなり身をよじると、足元に仔犬が尿《いばり》を引っ掛けていた。

「…………」

芝居町は犬までが悪ふざけをするかと、けしかけようとした香四郎だが、大人を演じた。

犬の頭を撫で、微笑《ほほえ》んだ。

「あっ、また来やがった。橋の下で生まれた野良のやつ」

茶屋の男衆《おとこし》の声が聞こえた。飼い犬でないとすれば、きれいではないのではないか。香四郎は仔犬を蹴ってやろうとしたが、走り去ってしまった。

茶屋へ役者が一人、二人と入ってゆく。贔屓客《ひいききゃく》への挨拶は、茶屋の座敷となっていた。

が、ゑびす屋の暖簾《のれん》をくぐる役者は、女将を見込んでから上がっていった。

――危ねえな、役者は。

役者の手練手管《てれんてくだ》の巧さは、女郎のそれより数段上と言われている。香四郎にとって、敵以外のなにものでもなかった。

――今に伝奏屋敷の侍は芝居茶屋の後ろ楯となり、奥の居間が、通《かよ》い夫《づま》となるわたしの、寝床となる。

決まったも同然と確信したとき、おりくが気づいてくれた。

「まぁ、居候《いそうろう》さん。いえ、峰近さま」

「ははは。なんとなく、来てしまった。繁昌でなにより」

「ひと段落ついたところですから、よろしければ中へ」

よろしくなくても上がるつもりでいた香四郎は、遠慮を見せつつ暖簾をくぐった。

「あ、あの……」

女将は香四郎の下駄を見ながら、袖口で鼻を押えた。

犬の尿が臭《にお》うのだ。

上客ばかりの芝居茶屋に、あってはならない香りだった。

「こちらへ」

香四郎の手は、おりくにつかまれて引っぱられた。

「……………」

手をつかむ力加減と温《ぬく》もりに、慈みが込もっていた。

——おれは、別格なのだ。

野良の仔犬ではないが、知らず洩らしそうになってしまった。

連れ込まれたのは井戸端で、香四郎の脚をおりくは白魚かと見紛《みまご》うばかりの指で洗いはじめたのである。

旗本と茶屋の女将であれば、足元にひれ伏して足を濯《すす》ぐことに不思議はない。

身分とはそういうものだ。

が、愛《いと》おしいまでの指づかいは、香四郎にこの世の極楽を創り上げてきた。

真上から見おろす甲斐がいしい姿こそ、やがて迎える公家の娘にはあり得ない、慈愛に満ちた献身だった。

「月に二十日は、ここに参ろう」

「なんでございますか」

香四郎を見上げる顔が、夕暮れどきのわずかな明るみの中で、妖艶なたたずまいを醸し出していた。

ふるえた。

「峰近さまも小用でございますか」

「しょうよう、とは」

「野良公の臭いにさそわれて、用を足したくなったのではありませんか」

「えっ。よいのか」

「お厠《かわや》へ、参られますか」

「ここではなく、か。そ、そうであるよな……」

「…………」

勘ちがいをした香四郎は、おりくが嘗《な》めて咥《くわ》えて、飲んでくれるものと思ったのである。

洗った脚を拭いてくれ、おりくは居間で粗茶でもと嬉しいことばを掛けてくれた。

居間には、女中頭《がしら》のおきせが長火鉢《ながひばち》を拭きながらすわっていた。

「おやまぁ居候の旦那。これはまた、どうした風の吹きまわしでしょう」

「無沙汰をしておる」

「それほどでもありませんけど、噂では御役《おやく》から外されたとか」

「おきせさん」

女将がたしなめたものの、女中頭は悪びれなかった。

もっとも香四郎にとっても、痛くもなんともない嫌味となっていた。

正六位下《しょうろくいのげ》、主馬《しゅめ》の官名まで授《さず》かった身である。そこへ天下御免の菊紋の刀に、短筒《たんづつ》まで手に入れた唯一無二の侍なのだ。

「ところで、この家に侍と恋仲になっておる女中は、おらぬか」

香四郎の出しぬけの問い掛けに、おりくとおきせが顔を見合わせた。

「おるようだな」

「……………」

返事のないのは、ゑびす屋では厄介ごととなっているにちがいなかった。

「客商売、それも武家が関わるとあっては、口出しもしづらいものだ。なぁに、気に病むことはない。放っておくのが、恋路《こいじ》の常道《じょうどう》と申す」

鷹揚《おうよう》に答えてみせた香四郎に、女ふたりはうつむいた。

居間の前の廊下を、茶屋女たちが膳を運んだり、替えの徳利を手に小走りに働いている。

「女将さん。二階鶴ノ間の平岡屋《ひらおかや》さんが、お帰りでぇす」

「おきせさん。竹ノ間のお客さまが、おけいちゃんに悪さをして困ってます。来てくださいな」

「居候さん。夕暮れすぎの芝居茶屋は忙しいので、お相手できません。今夜は、お帰りくださいまし」

女中頭は香四郎に断わると、おりくを促《うなが》して出て行った。

酒を出し役者を呼んで客を楽しませる芝居茶屋とは、楽ではないようだ。

酔った客が悪さをすることに比べれば、林原栄輔が上役《うわやく》の持ち掛けた縁談を断わって、女中と恋の道に走る様《さま》はいじらしいのではないか。

公家に組み込まれた香四郎の、余裕にほかならなかった。

旗本と茶屋女、身分ちがいであってていい。あとは、二人で乗りきるしかないのだ。

「いつか失敗したと気づくかもしれぬが、誰がそそのかしたのでもない、おのれが選んだ道であろう。尻拭きは人に頼るなよ、林原」

香四郎は同輩の旗本を憐《あわ》れんで、つぶやいた。

三

屋敷に戻った香四郎は、和蔵に短筒《たんづつ》の扱いを習った。

「まことに簡明にして、扱いが容易だ……」

「ひと言申し上げますが、この一発で虎をも倒せますです」

「弾丸《たま》は、小さいではないか」

「大きさではなく、衝撃という威力の凄さは、尋常ではありません。頭や胸はもちろんのこと、腕や脚に当たっても、闘う気力を萎《な》えさせます」

和蔵は仲間から貰いうけたという弾丸を、三十余も持ち込んでいた。

「おまえは、撃ってみたことがあるのか」

「はい。蝦夷地《えぞち》の山奥で、二度」

「人に向けてか」

「松の枝に向けまして。ところが、なかなか当たりませんでした。と申すのも、よほどしっかり体勢をととのえませんと、パンと音のしたとたんに、筒先《つつさき》が揺れますのです」

「試しに撃ってみたい」

「ご冗談」

言うと和蔵は、香四郎から短筒を取り上げた。

「撃たねば分からんではないか、どんなものであるか」

「武家屋敷街、一発の音でおどろかれますです」

「宝の持ち腐れか」

「お持ちになることこそ、宝でございましょう。これを相手に向けるだけで、怯《ひる》んでしまいます」

「知らぬ者は、おどろきもせぬだろう」

「雑魚《ざこ》の与太者《よたもの》なら、砲先を体のどこかに近づけ、お撃ちなさいませ。近ければ外れませんし、腕の一本でも折れただけで、威嚇《いかく》として十分でございましょう」

和蔵は短筒を、人殺しの道具として使うなと言い終えた。

弾丸は五発まで入り、挿入《さしいれ》の仕方を習っただけだった。

「短筒の仕組みは有難く拝聴したが、和蔵に訊《たず》ねたいことがある」

「なんでございましょう」

「床下の物も含め、兄の所業がどうしても分からぬ。わたしが迂闊《うかつ》であったことは確かだが、無役《むやく》の旗本がいたしたことにしては、あまりに大《おお》ごとだ。兄は、おまえの属する帆影会に関わっていたのか」

「あり得ませんです」

思いのほか明確に否定した和蔵は、侍が揶揄《からか》われたときに返す真顔となって、躙《にじ》り寄ってきた。

「帆影会は道楽の集まりではありません。秋帆先生をお慕《した》いし、命を投げ出す覚悟の者だけが加われます。成員となる者三人が認めた上で、身元も徹底して洗い、ようやく入れます」

「となると、幕臣は無理か」

「おられます」

「まさか」

「二人。いずれ殿さまも三人目にと、話を通してございます」

「――。わたしが、開港を謳《うた》う一派に」

「この短筒でもお分かりのとおり、黒船を操《あやつ》る国の技術の進み加減は、とうていわが国の及ぶところではないでしょう。負けを覚悟で、戦いますか」

「攘夷は無意味と申すか、和蔵」

「異人を打払い、上陸させないなど戯言《ざれごと》と申し上げます」

「………」

香四郎は、攘夷を掲げる朝廷の侍になった。幕府もまた、無二念《むにねん》打払い令を出し、攘夷を祖法に位置づけている。

そのどちらでもある香四郎だが、自分の意見でも、考えた末のことでもなかった。

天井を見上げ、動こうともしないおのれの力の弱さを、どうすることもできないでいた。

「いずれ帆影会に加入なさると信じ、幕臣おふたりの名をお教えいたしましょう。一人は会頭《かいとう》の、江川太郎左衛門英龍《たろうざえもんひでたつ》さまです」

「江川坦庵《たんあん》どのか。分からぬではない……」

豆州韮山《ずしゅうにらやま》の代官で、開港派として名高い幕臣である。やはりというか、なるべくしてなった発起人と思えた。

「今おひとりの幕臣は、殿とお立場が近い旗本でございます」

和蔵は、ひと息ついて、すわり直した。

「信じていただけない、と申してはなんですが、この町内におられます。いえ、殿が耳にしたくないと仰《おお》せなら、申しません」

「申せ。名を知ったからと誹謗《ひぼう》し、注進に及ぶ卑怯な真似はせぬ」

言ったものの、香四郎の胸中は穏やかではなかった。

同じ旗本でありながら、国を案じる者がいる一方、自分はお気楽に芝居茶屋の女将《おかみ》に熱を上げているのだ。

それだけではない。目の前にいる和蔵は抜け荷商人であったにもかかわらず、国という大きな器の在りようを考えているのではないか。

峰近家の用人格は、意を決したように顔を上げた。

「帆影会の取りまとめ役となるお方で、発会当初からの旗本の名を、林原さまと申します」

「――――」

「まだお若く、勘定組頭になられたと聞いておりますが、わたくしが見る限り清廉《せいれん》にして、質実《しつじつ》。こう申しては厚かましいですが、幕府役人にも立派なお方がいるものだと感心しております」

「林原。なったばかりの旗本のわたしは、知らぬ」

どうにか言い終えた香四郎だが、汗が吹き出した。

「殿。なにとぞ、ご内聞にねがいます。では、おやすみなさいませ」

和蔵は短筒と弾丸を紫の帛紗《ふくさ》に包むと、部屋を出ていった。

「………」

香四郎は就寝の挨拶も返せず、茫然《ぼうぜん》としていた。

あの林原栄輔なのだ。

一緒に松前藩下屋敷へ乗り込み、抜け荷を理由に強請《ゆす》った旗本である。

抜け荷に関わった江差屋は所払《ところばら》いとなったが、頭目とされた大番頭の和蔵だけが逃げおおせたのは、帆影会という強い絆《きずな》があったからなのだ。

逃げた和蔵は、林原が助けたにちがいあるまい。

堅固な結束とは、情という曖昧《あいまい》なものを嫌うものだった。

おれが助けてやった。あの人に救ってもらったなどという恩のやり取りは、邪魔なのである。

「帆影会、恐るべし」

思い返したことは、それだけではなかった。

――栄輔は、みずから進んで長崎へ赴任……。

香四郎の想像は、帆影会の成員としての林原栄輔に及んでいた。

出世など望まず、異国の事情を少しでも近いところで感じ取りたい。高島秋帆のいなくなった長崎を、肌で知ることができる唯一の手だてだったのだ。

芝居茶屋の女に入れ揚げたのは、嘘も嘘の大嘘で、国を憂う侍の至誠《しせい》にほかならなかった。

四

眠れずの晩となったが、香四郎の目は逆に冴えていった。

朝を迎え、顔を洗い月代《さかやき》を剃らせると、朝餉《あさげ》を取らず、下駄に着流しで外に出た。

脇差に、帛紗《ふくさ》包《づつ》みの短筒《たんづつ》。向かう先は、猿若町である。

なにをするというのではなく、幕府勘定方の林原栄輔がどのようにして芝居町に入り込んだかを知ってみたかった。

香四郎が見る限り、茶屋を紹介してほしいとか、芝居が観たいとの素ぶり一つうかがえなかった林原である。

林原栄輔は色白だが、男っぽい色気をもつ侍だった。香四郎と同じ江戸根生《ねお》いの幕臣だが、生まれたときから旗本を嗣《つ》ぐべく若君とされて育っていたのなら、町人とのつながりは浅かろう。

にもかかわらず、世の中なり時勢を見渡せる眼力にすぐれた。

癪《しゃく》に障るほど、できた人物といえた。が、長崎へ行くことになるのだ。

女が放ってはおけない男を、真似たい。

栄輔の立居《たちい》ふるまいを知りさえすれば、香四郎にも色気が備わり、人が寄ってくるにちがいなかった。

芝居町の賑いは、人が増えてくることで知れてきた。明《あけ》六ツに小屋は開き、客を入れる。しかし、明け方の舞台に看板役者は出ないと決まっていた。

相撲の興行と同じで、贔屓《ひいき》の役者が出る幕を見ようと、五ツ刻を目指してやって来た。その時分に、重なったようである。

三座の木戸口は客でごった返し、役者を描いた絵看板を見上げる田舎者は動こうともしなかった。

茶屋は、裏手に並ぶ。勝手知ったる芝居町と、香四郎は細い路地を抜けた。

きっちりと建てこんだ茶屋には格子《こうし》が嵌《は》まり、どこも磨き抜かれている。が、中の一軒だけが、殺気立った静けさを見せていた。

寿屋《ことぶきや》だった。

老舗茶屋の一つで、香四郎が主人夫婦を高利貸の取立てから救った茶屋である。

いちばん忙しいときにもかかわらず、客が入れない様子が見えた。

「なにかあるのか」

暖簾《のれん》の前に立っていた客の母娘に声を掛けると、女親のほうが眉をひそめて答えた。

「それどころじゃないって、番頭さんが飛び出して行ったんだそうです」

「上がるなと、言われたのか」

「今日は休みだって、ほかの客も追い帰されました……」

香四郎は中を覗いたが、土間に履物《はきもの》は一つもなかった。

知らない茶屋ではないと、香四郎は暖簾をはね上げて敷居を跨いだ。

「——」

鼻を衝《つ》いてきたのは、屍臭《ししゅう》だった。

店の者が急死したのなら、茶屋を休まざるを得ないのは仕方ないようだ。

線香の一つでもと、式台に上がった。

「あの、本日は――」

通せんぼをしたのは顔見知りの女中で、香四郎を見たとたん、泣きそうな顔をした。

「ご、ご主人さま夫婦が」

声を上げた女中は、しゃくり上げた。

「夫婦が、いかがしたと申す」

「今朝早く、おふたりともども……」

女中は奥の居間を見つめ、行ってほしいと目で言った。

居間には寿屋の、おはつ徳之助《とくのすけ》の夫婦が並んで寝かされていた。

男衆《おとこし》や女中が、うなだれてすわり込んでいる。

「いかがした」

香四郎のひと言に、年嵩《としかさ》の女がぼそっと声を放った。

「鴨居《かもい》に下がっておりましたのです。ふたり並んで」

部屋の片隅に、女物の扱帯《しごき》が二本とぐろを巻いたように置かれてあった。

ふたりを下ろしてから外したのか、まだ温もりが残っているような気がした。

「かようなときに訊《たず》ねるのはなんだが、寿屋の台所は左前であったか」

「いいえ。昔のまま、ご贔屓さま方も戻ってくださり、なにひとつ支払いの心配ごとなど……」

子どものない夫婦仲は睦まじく、座頭貸に片が付いて以来、銭函《ぜにばこ》も少しずつ重くなってきたと付け加えた。

「先ほど番頭が出て行ったとのことだが」

「はい。番屋へ知らせに」

朝いちばんのことだったが、まだ戻っていないのがよく分からないのだと言った。

香四郎は手を合わせるつもりで、顔に掛かる白布を外した。

青黒くなってしまった顔だが、苦悶は見えず、静かに旅立ったと思えた。

首には、ふたりとも縄の跡がついている。ところが、女房のほうだけ折れてしまったかと見えた。

女房おはつは、細身で華奢《きやしや》な体つきだった。吊ったとたん暴れたなら、折れたかもしれない。

「ご免」

言いながら、香四郎は女の首にふれた。やはり折れていた。

「――――」

ちがう。折られているのだ。

夫婦のあいだに、なにがあったかは知るよしもない。取り返しのつかない出来ごとがあって、亭主は女房の首を締めた。そののち慙愧《ざんき》に堪えられなくなり、心中に見せかけての首吊りをした。

考えられるのは、子のない女房を捨て徳之助が妾《めかけ》を囲った。あるいは、おはつが他所《よそ》に情夫《いろ》をつくったか。夫婦仲など、そんなところから破綻《はたん》するものであろう。

表口が騒がしくなって、町方の役人があらわれた。

番頭に導かれ、奉行所同心二名が顔を出した。

つかつかと遺体に近づくと、検分をしはじめた。

「折れてます」

「やはりな」

同心たちも女の首に気づいたのか、うなずきあった。

そして男のほうを確かめると、首をかしげた。

「鴨居から下がっているのを見たのは、番頭おまえ一人なのだな」

「へい。まだ息があるのではと、一も二もなく下ろしました」

「女房は、まちがいなく首を締められておる。一方の亭主だが、吊って死んだにしては首が伸びておらぬ」

「ふたりとも、人の手で殺《あや》められたと――」

香四郎が声を上げると、同心は誰だとふり返った。

「おっ峰近さま、ではありませんか」

「南町の」

奉行所の別格与力だった香四郎である。同心二名はすわり直して一礼した。

が、芝居茶屋で香四郎の身元を明かしてしまうほど愚かではない同心は、それとなく曖昧《あいまい》にしてくれた。

「お旗本の峰近さまに、この寿屋は助けられておりますのです」

番頭は同心に、高利貸一件を香四郎に助けてもらったと言い添えた。

同心の眉が開き、見えてきたものがあるとうなずきあった。

「峰近さまが懲《こ》らしめたのは、座頭貸でございましたか」

「うむ。千住の桜市《さくらいち》、と申す高利貸であった。それが、報復に参った」

「あり得ます。証文を破ったことで、座頭貸みな阿漕《あこぎ》な取立てが難しくなり、それを生業《なりわい》にしていた連中が、一矢《いっし》報いようとしたのかもしれません」

「まことか」

「いいえ、思いつきにすぎませんが、水野越前さまの改革の不首尾は、どれも銭が絡んでおります」

「改革の残滓《ざんし》が、人殺しに……」

近松門左衛門の浄瑠璃『曽根崎心中』は、恋の路《みち》を極めた末の心中だったが、その因《もと》は銭だった。

「武士町人の区別なく、銭《かね》が敵《かたき》の世の中でございます」

同心のことばを聞き終わることなく、香四郎は立ち上がった。

——報復というのなら、こちらも意趣返しを。

香四郎の下駄は、千住宿へ向かっていた。

五

取立て屋がおれたちは黙っていないと、夫婦《めおと》心中に見せかけた威嚇《いかく》をするなら、そんな手の脅しには屈しないと見せる必要があった。

江戸市中に、いかほどの高利貸がいるか分からないが、香四郎には仇《かたき》を討つ義がつくられた。

なにを措《お》いても、千住の座頭が雇っていた取立て屋一味が敵と思い込むことにした。

仇討ちとは、恨みでしかなかった。

結果として他山《たざん》の石《いし》となるならば、それなりの価値があるものではなかろうか。

実に勝手きわまる考えが、香四郎の身内を占めた。

座頭桜市の邸《やしき》は前のままで、相変わらず人の出入りがあった。

借りに来たのか、返しに来たのか、それとも延納の申し入れか。いずれにしても、訪れる者は肩をすぼめ小さくなっていた。

香四郎は無遠慮に玄関口に入り、下駄のまま上《あが》り框《がまち》に足を掛けた。

カラン、ガタ。

音に敏《さと》い座頭であれば、下駄の立てた音に恨みなり怒りが含まれていると感じるはずだった。

「どなたさまですかな……」

桜市自身が、廊下を伝いながらあらわれた。眉間《みけん》の皺《しわ》は深く、不安に戦《おのの》いている。

「しばらくであった。と申すより、厄病神がまたぞろやって来たことになるかな」

「い、いつぞやは、ご無礼を」

「声柄ひとつで、見抜かれたか」

「お侍さまは証文を反古《ほご》にすることで、生業《なりわい》となされておられますので――」

証文反古屋なる新たな稼業かと、桜市は見えない目を泳がせた。

「ほぅ。左様な商売が生まれても、不思議のない世の中かもしれぬ。が、今日はいつぞや寿屋に出向いた取立て屋を知りたく、出て参った」

「お知りになってどうなされますか」

「弟子入りを、したくなってな」

「…………」

明日死のうかと崖っぷちに立つ者を相手にしてきた座頭であれば、修羅場はいくつもくぐって来ただろう。桜市は落ち着きを取り戻した。

それ以上に、冷酷さを浮かび上がらせニヤリとした。

「哀れな按摩《あんま》を気の毒と思《おぼ》し召《め》しくださいますなら、どうぞ取立て屋という毒虫の退治をねがいとう存じます」

悪党が悪党を懲《こ》らしめるのは、世の馴《な》らいだと言い切って見せた。

「取立て屋として雇った者が、毒虫か」

「はい。蜜の味を知り、枯れるまで吸い尽くそうといたす輩《やから》で……」

「酷《むご》い雇い主だな」

「無慈悲、非道、人でなしと蔑《さげす》まれてこそ、この銭《かね》の渡世を送れる因果な稼業でございます」

言い放った桜市を、見事と思った。

国を憂《うれ》いて左遷まで受け入れる林原栄輔と、正邪を別にして、徹底する凄さに目を瞠《みは》らされた。

「恐れ入った。では、ことばに甘え毒虫の名と居どころを教えてくれ」

「街道を戻っていただき、小塚原《こつかっぱら》の刑場脇に貧乏長屋がございます。その近くに、場ちがいな二階をもつ新築の家。と申しても、手前には見えませんですが。親分の名を、金三《きんざ》。元は、軽業《かるわざ》の芸人だったようなことを聞きました」

軽業師に限らず、寄席や大道の芸人たちは五年前からの天保改革で、生計《たつき》の場を追われる者が多かった。

都落ちする芸人はいいほうで、大半が日傭取《ひようとり》という賃仕事に就いていた。金三が取立て屋になった経緯など、どうであってもよい。香四郎は、吉良上野介を討つ大石内蔵助になっていた。

桜市の言ったことに、まちがいはなかった。

表口で鼬《いたち》のような男が、鼻毛を抜いていた。香四郎は笑い掛けながら、その前に立った。

「ん。お侍さま、なに用だべの」

「金三とやらに会いたいのであるが、中におるか」

「親分を、呼び捨てちゃなるめえ」

鼻毛の付いた指を払い、男は香四郎を値踏みするように、足元から頭までを見上げた。

着流しに下駄、脇差だけだが浪人には見えないはずである。

「借銭《しゃくせん》が返せねえとの言い訳なら、ここじゃござんせん。それとも、一家の用心棒にとやって来たなら、試さねえでもありませんがね」

「試すとは」

「うちの者と、手合わせを――」

「するか」

香四郎の即答に、鼬は家の中へ入っていった。

言ったものの、香四郎は太刀を佩《は》いていないことに気づいた。

――いいや。木剣か棒切れで、やり合うだろう。

「お侍さま。こっちへ」

鼬が手招きをして、香四郎を土間へ呼び込んだ。

明るい外から、暗い中へ一歩踏み入れたとたん、小さな風が舞った。

「――」

シュッ。

一瞬のことでなにが起きたか分からなかったが、香四郎の脇差は鞘《さや》を残して抜き取られていた。

つづいて心張棒《しんばりぼう》が音を立てて降り下ろされ、危ういところで餌食《えじき》にされるところだった。

「むっ。卑怯な」

「卑怯もなにもねえよ。これが一家の、やり口だ。さぁはじめますと、道場で打ち合うのとはちがう」

言いざま一人ふたりではない大勢が、香四郎を取り囲んで旺盛な食欲を見せる狼《おおかみ》となって、襲いかかってきた。

囲まれたことで逃げ出せないばかりか、手には棒切れ一つないのだ。

「三一《さんぴん》野郎がなにを嗅ぎつけたか知らねえが、金三の名をどこで聞いて来やがった」

声の主《ぬし》と襲ってくる者は、ちがっている。

避けるのが精いっぱいなのは、香四郎が打ち返す拳固や手刀がことごとく外されていたからで、軽業の仲間だったと気づいたが遅かった。

鳩尾《みぞおち》に心張棒の先端が、ねじ込まれてきた。

が、香四郎の身を守ってくれたものがあった。

短筒《たんづつ》である。

躊躇《ちゅうちょ》する暇《いとま》はなく、懐《ふところ》に差入れた手は南蛮の飛び道具を帛紗《ふくさ》の中からつかみ、引き金に指を掛けた。

どこを狙うか、考えていなかった。指に力を込めると――

パン。

乾いた音がして、時が止まったかのような静寂が土間に拡がっていた。

やがて鼻は嗅いだことのない臭《にお》いをおぼえたが、襲っていた連中は音と臭いにおどろいているようだった。

「て、手当て、してやれ……」

土間に灯《あか》りがもたらされると、一発の弾丸《たま》を受けたらしい男が、うずくまっているのが見えた。

子分どもが、血を流しはじめた男を抱き起こして、帯を解《と》いたりしていた。

腹を抱えていたのは鼬で、まったく動かなかった。

「そんな物騒なもの、どうして持ってる」

「金三と申すのは、おまえか」

「訊《き》いたことに、答えろ」

「先祖伝来の、家宝さ。おまえこそ、これがなんであるかを分かった」

香四郎は短筒を相手の金三に向けながら、疑問を口にした。

「両国の見世物《みせもの》小屋にいる奴なら、誰でも知ってるぜ。花火に使う硝煙と、同じ臭いだ……」

「軽業師であったゆえか。それより、医者を呼んでやれ」

「できねえ。そっちこそ役人に知られちゃまずかろう」

短筒を持っていることも、撃たれたことも、江戸じゅうを震撼《しんかん》とさせるにちがいない。

「大丈夫なのか、鼬野郎は」

「駄目だろうな。腹をやられちまったんだ。刀疵《かたなきず》とは、わけがちがう」

改めて短筒の威力を知った香四郎は、手で握る飛び道具に見入ってしまっていた。

「金三に、まちがいないな」

「そ、そうだが、砲先を下ろしてくれねぇか」

「断わろう」

「銭だったら、出す。二十、いや五十両」

だ」

「もう一つ訊ねる。猿若町の寿屋夫婦を、手に掛けたな」

「手を下したのは子分ども、それだって千住の桜市さんのご意向に、添っただけだ」

「ほぅ。座頭に命じられたなら、馬糞でも食らうか」

「銭次第でさぁね。五十もいただけるなら、うちの若い奴らは犬の糞でも呑み込むぜ。今の世、銭でしか動かねえよ」

「損得で生きるとは、分かりやすいな」

香四郎のあまりに毅然とした口ぶりと、射るような目に、金三は怯《ひる》んだ。

「じょ、冗談は、ご勘弁を」

「弾丸は鉛で、金でなく残念であろうが差し上げようではないか」

砲先を胸に押しあてると、金三の色黒の顔に青味が加わり、四十男が十歳も老けてしまった。

小柄な男は、幼いころからの軽業修業で、身も心も固まってしまったのか、銭以外のものが信じられないのか。

本当のことは分からないが、赤穂城主の浅野内匠頭を罵倒した吉良上野介もまた、銭だけを信じる日々を送ってきたのだろう。

「銭は、嘘をつかぬか」

「へ、へい」

膝を折った金三は、口をわななかせはじめた。

それを見て、子分たちも膝を折った。

短筒の威力だ。こんな小さな飛び道具が、大勢をひれ伏してしまっていた。

——これが異国の力か……。

妖術とも呼ばれる物をつくり出す技術は、並大抵のものではないと香四郎は教えられた。

「たかが黒船の十杯や二十杯、どれほどの数の砲弾を運んで来られよう。撃ち終えれば、それまでのこと」

水戸の斉昭《なりあき》は、うそぶいたという。

大砲の規模は短筒の、千倍もあるのではないか。撃ち込まれるままなら、江戸はまちがいなく火の海を見るのだ。

「旦那。それだけは、納めてくだせぇよ」

「忘れておったが、腰にあった脇差が、鞘だけでな」

土間に走り下りた一人が抜き身の脇差を拾うと、土を払って捧げ持ってきた。

香四郎は左手で受け取ると、右手で短筒を突きつけたまま、金三に脇差を手渡すようにして笑った。

「なんでございましょう」

「寿屋おはつ徳之助の、遺恨おぼえてかっ」

まっすぐに脇差は、金三の下腹に深々と差込まれた。

「………」

王将を殺《と》られた将棋のように、一家での勝負がついてしまった。

引き抜いた脇差のどす黒い血を、倒れた金三の衿《えり》で拭き取ると、尻餅をついたままの子分たちに、香四郎は独り言のようにつぶやいた。

「か弱い者たちにも、おまえたち同様に恨みがある。忘れるな」

言い置いて、脇差を鞘に納めた香四郎だが、短筒《すぐ》は手に握ったまま外に出た。

子分どもの報復を恐れたのではなく、異国の優れた武具を手にしている自分に、今少し酔いたかったからである。

六

陽《ひ》は傾きつつある。暑くはなかったが、気持ちがすっきりしなかった。

猿若町の芝居茶屋街に戻った香四郎は、汚れた体を洗いたくなっていた。

湯屋でもいいが、井戸で水垢離《みずごり》を取りたくなったのは、身を清めたいことより、ゑびす屋おりくのもとで、安らぎたいとの気持ちゆえである。

ゑびす屋の勝手口へまわり、下帯ひとつになって水を頭からかぶった。

「峰近さまでしたか」

おりくの声に、水を浴びていた体が熱くなった。

「勝手知ったると、挨拶もなく使わせていただいている」

「よろしいのでございます。大事な居候《いそうろう》さまなんですもの」

大事なという飾りことばが、たった今とんでもないことをしてきた香四郎を楽にした。

心は、通いあっている。

香四郎は胸を張り、尻の肉に力を込めて裸身を際立たせた。

たよう だ。

「まぁご立派な」

案の定、精悍な体にも惚れてくれたようだ。

——この分なら、早く堕ちるな……。

口元が弛《ゆる》んだのは、無理もなかった。おりくが手拭を手にして、香四郎の濡れた体を拭きはじめたからである。

——来たぁ。

快哉《かいさい》が口から洩れそうになり、息を詰めた。

「なにからなにまで、峰近さまにはお世話になり、お礼の申しようもございませんん」

香四郎の肌を拭きながら、おりくは耳元で囁《ささや》くように言うと、肩に手を載せてきた。

芝居町ということには、ときに信じ難いことが起こるのだ。

「これからも、なにかとお世話をしていただけますのでしょうか」

「無論だ。いつまでも」

「よかった」

心のこもったおりくのひと言が、妾《めかけ》となることを承諾したとしか思えず、足の裏がむず痒くなってきた。

絶好の機会になったと、香四郎は肩にある女将《おかみ》の手を取った。

おりくの顔が赤くなったのを、香四郎は脈ありとみた。

「女将。いつまでも」

「ほんとうに、おねがいしますね」

目を潤ませた年増が、なんともいじらしくなり、香四郎が引き寄せようとしたとき——

「いらっしゃいましたよ、女将さん」

女中頭《がしら》の、おきせの声である。

香四郎にとって目の上のたんこぶのような女は、いずれ追い出すほかあるまいと、睨みつけた。

やんわりと香四郎からすり抜けたおりくは、勝手口の中へ消えてしまった。

——ゑびす屋に部屋を持ったら、おまえなんぞお払い箱だ。

「居候さん。いつまでも裸でいないで、さっさと着てくださいよ」

丸めて放られてきた香四郎の着物だったが、短筒《たんづつ》は飛び出ずに済んだ。

よく見ると、先刻の赤黒い血がはねている。

「おきせ、どの。済まぬが、浴衣《ゆかた》を拝借したい。汗だらけとなったのでな」

「はいはい」

返ってきたことばは、余りにぞんざいだった。

――絶対おまえは、出ていってもらう。

浴衣に着替えた香四郎が、短筒を包んだ紫の帛紗《ふくさ》を手に居間へ入ったときである。

「峰近、ではないか」

「ん――」

香四郎は息を呑んだきり、腰が砕けそうになった。

が、声を掛けてきたほうは意にも介さず、ことばをつづける。

「話には聞いていた。しかし芝居茶屋を守る居候が、峰近であったとは、思いもしなかった……」

「…………」

居間にいたのは、林原栄輔だった。

――なぜ、ゑびす屋に。

目を剝《む》いたものの、林原の母親が嘆いていたのは、伜《せがれ》が芝居茶屋の女と切れず、遠国《おんごく》の長崎に左遷との話だったことを思い返した。

さらに帆影会のまとめ役として栄輔が奔走していると聞き、幕臣の鑑《かがみ》と認めざるを得ない男と、香四郎は敬服していたのである。

「林原、おぬしは長崎に」

「早耳だな、峰近」

「いろいろと」

――武士の情けだ。帆影会のことも、上役《うわやく》の持ってきた縁談話も、口にしないでやる。

香四郎も男だ。黙っていてやると栄輔を見込んだものの、おりくの顔までは見られなかった。

「峰近さまはずっと、ゑびす屋を見てくれると仰言《おつしや》ってくださって――」

「残念だが、峰近は新しい御役《おやく》を得たらしい。ゑびす屋には、来られないだろうよ。おりく」

――お、おりく。呼び捨ての仲か……。

口の中が乾き、柱につかまっていないと立っていられなくなってきた。

「もう察しているかもしれぬが、これから長崎へ向かう。二人して」

見ると栄輔はおりくの脚絆《きゃはん》を、みずからの手で結びはじめた。

「そ、そうか」

芝居茶屋の美しい年増を妾になどと、想い描いた香四郎の夢は見事に砕け散っていた。

立っていられなくなった香四郎は、廊下にへたり込んだ。

が、誰も香四郎など見てはいなかった。

女中頭のおきせも、番頭の紀六《きろく》も、お似合いの夫婦《めおと》だと囃《はや》し立てるばかりである。

「お世辞は、止《よ》してちょうだい。女房のほうが、うんと年上のお婆《ばあ》ちゃんなんですもの」

「女将さんは女房じゃなく、これからは奥様ですよ」

「途中で、捨てられちゃうわ」

——捨てろ、捨てろ、林原。捨てたら、おれが拾う。

香四郎は叫びたかった。

思い出した。頭巾姿で遠山左衛門尉《さえもんのじょう》がおしのびであらわれたとき、おりくは明らかに男を待っていたのだ。

いつから二人ができていたか分からない。いつであっても、香四郎は横恋慕組の一人だったようである。

「さぁ、旅立ちですよ」

女中頭が促すと、二人は手を取りあって立ち上がった。

——武士が、女と手を取りあうか……。

長旅だが、必要なものは途中でどうにでもなるからと、千五百石の旗本は大小を佩《は》き、土間に降りた。

「あとのことは、おきせさんと番頭さん、お任せしましたよ」

「はい。いずれ江戸に戻っていらっしゃるときまで、微力ながらゑびす屋の暖簾《のれん》は守って参ります……」

おきせの鬼の目にも、涙があふれていた。

「芝居が跳《は》ねる前に、お急ぎを。道中ご無事に」

番頭の紀六が、二人の背なかを押して送り出すと、栄輔もおりくも逃げるように、うつむいたまま歩きだした。

「いよっ。道行《みちゆき》でございい」

紀六もまた感極《かんきわ》まって、芝居町らしいことばに酔っていた。

が、香四郎にとって、面白いことは一つもなかった。

狙っていた年増《としま》は同輩旗本の女で、その男は国を憂《うれ》うあまり、出世を捨てて九州の地へ向かう。

――そんな、馬鹿な。嘘だ。嘘に決まってる。これは、芝居町が創った茶番だ。

泣きそうになった。

すると、おきせも紀六も同じ気持ちなのでしょうねと、香四郎の手を取ってきた。

――おまえらなんぞと、手をつなぐものか。おれは、悩んでいるんだ。

香四郎は呑み込んでいたことばを、口に出した。

「紀六、おきせ。林原は出世を棒にふって、遠国に左遷なのだぞ」

「いいじゃございませんか、惚れた同士。それも、お旗本と芝居茶屋の女将とくりゃ、出世なんか屁みてぇなもんです。なぁ、おきせさん」

「羨《うらや》ましい、なんてものじゃありません。あっ、もう芝居町の木戸口を抜けて、行ってしまう……」

林原の三歩ばかり後ろを歩いていたおりくが、煙のように失《う》せていった。

煙。まさに香四郎が燃やした恋の炎が、煙となって消え去った瞬間だった。

楽屋口の一つから人が走り出て、芝居が跳ねたと報《しら》せてきた。

「さぁさ、仕事ですよ、仕事」

おきせは紀六を促《うなが》し、香四郎を押しのけるように茶屋の中へ入っていった。

やがて大勢の客が次々と、茶屋の玄関口に吸い込まれ、女中や男衆《おとこし》たちが応対しはじめた。

「お疲れさまでございました。お窮屈な桟敷《さじき》で、お御足《みあし》は——」

「なんの。よい芝居を観《み》りゃ足など気にもならん。それより、高麗屋《こうらいや》はいい役者に仕上がったな」

「見巧者《みごうしゃ》でございますな。いずれ高麗屋さんを、こちらへ招きましょう」

「そう願いたいね。それとあの二人だが、いずれ心中になってしまうのだろうね。番頭さん」

「心中、まさか。二人ならんで、道行となりましたです」

「旅立っていない気がしたが、桟敷で居眠ってしまったのかな……」

「お芝居の中の話でございましたか。それでしたら、そうかもしれません」

番頭の紀六が大仰な愛想笑いで、本物の道行があったことを紛《まぎ》らした。

香四郎は芝居町の賑わいに、ひとり取り残された。

「アホゥ」

声がしてふり返ると、黒衣《くろこ》のような烏《からす》が止まっていた。

江戸の侍は、阿呆《あほ》やな。

そう聞こえた。

コスミック・時代文庫

江戸《えど》っ子《こ》出《しゅつ》世《せ》侍《ざむらい》
官位拝受

2021年5月25日　初版発行

【著 者】
早《はや》瀬《せ》詠一郎《えいいちろう》

【発行者】
杉原葉子

【発 行】
株式会社コスミック出版
〒154-0002 東京都世田谷区下馬 6-15-4
代表　TEL.03(5432)7081
営業　TEL.03(5432)7084
FAX.03(5432)7088
編集　TEL.03(5432)7086
FAX.03(5432)7090
【ホームページ】
http://www.cosmicpub.com/
【振替口座】
00110-8-611382
【印刷／製本】
中央精版印刷株式会社

乱丁・落丁本は、小社へ直接お送り下さい。郵送料小社負担にて
お取り替え致します。定価はカバーに表示してあります。

ISBN978-4-7747-6288-3 C0193

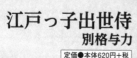

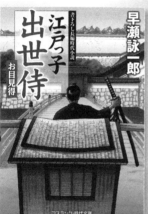

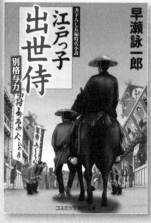